KB005601

마흔 ——— 완전하지 않아도 **괜찮아**

마흔 ——— 완전하지 않아도 **괜찮아**

어느 날 불쑥 찾아온

마흔을 살아가는 당신에게

박진진 지음

애플북스

'마흔.'

저는 이 단어가 아직도 생소하고 낯선 느낌입니다.

이제 막 마흔이 된 것도 아닌데 이런 기분이 드는 건 왜
일까요? 곰곰이 생각해보니, 지금껏 제 삶에서 마흔이라는
나이를 단 한 번도 상상해보지 않았음을 알게 되었습니다.

십 대 때 떠올린 저의 먼 미래는 딱 서른까지였습니다.
그 이상의 시간들은 감히 상상하기도 힘들 만큼 까마득했
습니다.

하지만 어느 날 제게도 불쑥 마흔이 찾아왔습니다. 마흔
이라고 해서 서른아홉이었던 어제와 딱히 달라진 것은 없
었습니다. 하지만 동시에 분명히 이전과는 다른 점들이 느

껴지기 시작했습니다.

주변 환경과 일상은 비슷했지만 내 마음 안에서 아주 많은 것들이 변해갔습니다. 이 책은 그 변화의 한가운데를 통과하며 쓴 저의 이야기입니다.

하지만 이것은 비단 저 혼자만의 이야기가 아닐 겁니다. 이제 마흔을 앞두고 있는 혹은 저처럼 마흔을 통과하고 있는 모든 이들이 공감할 수 있는 지점들이 분명히 있으리라 생각합니다.

예전에는 까마득하게 느껴졌던 마흔, 인생의 거의 모든 부분들이 선명해지리라 믿었던 마흔. 하지만 저와 여러분이 맞는 마흔은 그렇게 선명하거나 분명하지 않고, 우리는 여전히 갈팡질팡하며 갖은 시행착오를 겪고 있지요.

흔히 백세 시대라고 합니다. 그렇게 따지면 아직 인생의 절반조차 살지 못했지만 이제 더는 어리지 않고, 지금부터 남은 삶에 무엇을 추구하며 살아갈지에 대한 고민이 한참 많을 시기라 생각합니다.

그래서 저의 고민과 일상의 모습들이 어쩌면 지금 여기서 마흔을 살아가는 우리들의 낯설지 않은 모습이지 않을

까 합니다. 그저 이 책의 어느 한 조각이라도 위안이 되어
가닿기를 바랍니다.

우리는 이제 마흔이자 아직 마흔입니다.

2019년 10월 26일

작업실에서 박진진

차례

1장

완성형이 아니어도
이대로도 괜찮은

어렸을 때 나는 별다른 이유도 없이 늘 배앓이를 하는 아이였다. 자주 조퇴를 했고 그럴 때마다 엄마는 화를 냈다. 병원을 가도 원인을 알 수 없어 어른들은 학교를 조퇴하고 싶은 아이의 꾀병이라 여겼다. 그렇지만 정말로 배가 아팠다. 밥을 먹어도 배가 아프고 길을 걸어도 배가 아팠다. 엄마는 늘 내가 참을성이 없다고 했지만 억울했다. 나는 학교에서 참을 만큼 참다가 도저히 안 되겠다 싶을 때만 조퇴했는데 말이다.

그날도 나는 조퇴를 했다. 욕실에서 빨래하던 엄마는 어디가 아프냐고 묻지도 않고 계속 빨래만 했다. 방 안으로 들어가서 아픈 배를 잡고 눕자 절로 눈물이 났다. 엄마의 무심한 반응에 서러움이 밀려왔다. 얼마 후 엄마는 병원에 가자고 했다. 이번에는 동네 의원이 아닌, 다리 건너 큰 병원에 가자는 말도 덧붙였다. 이번에는 기필코 원인을 찾아내겠다는 결연한 의지 같은 것이 엄마의 얼굴을 스쳤다. 그렇게 큰 병원에서 이런저런 검사를 하고 돌아오는 길이었다. 여러 검사를 하면서 엄마는 동네 의원에서와 달리 내게 몹시 친절했다. 그래서였을까? 나는 생전 하지 않던 혀 짧은 소리를 냈다. 이에 곧장 엄마의 대답이 날아왔다.

"너 나이가 몇인데 어리광이야?"

속상하기보다는 무안했다. 내 딴에는 엄마의 관심을 받아 기분이 좋아서 한 행동이었는데 결국 나잇값을 못하는 다 큰 애의 어리광으로 비친 것이다. 그런데 잠시 무안하고 말 줄 알았는데 시간이 지나도 좀처럼 기분이 나아지지 않았다. 비밀 일기를 쓰고, 수시로 방문을 잠그고, 동생과도 툭하면 싸웠다. 학교에서는 칠판을 보지 않고 창밖만 보는 일이 허다했다. 성적표를 받아든 엄마는 한숨을 쉬었지만 야단치지는 않았다. 때마침 집안에 큰 변화가 있어서 나의 모든 잘못이 그로 인한 충격으로 받아들여졌다.

그때는 나조차도 헷갈렸지만 지나고 나서 생각하니 그건 사춘기였다. 다만 집안의 여러 가지 시끄러운 문제들이 적당한 핑곗거리가 되어주었을 뿐 그건 분명 사춘기 때문이었다.

요즘 나는 그때를 자주 생각한다. 나 빼놓고는 모든 것이 싹 다 마음에 들지 않았던 시간. 아니 어떨 땐 내가 세상에서 제일 싫었던 시간. 어서 빨리 어른이 되고 싶다가도 이대로 멈춰서 더는 자라지 않았으면 했다. 가슴이 나오고 생리를 시작하는 것보다 내 안에서 일어나는 알 수 없는 분노가 더 당황스러웠고, 이러다 어느 날 뻥 하고 터져버리지 않을까 싶어 감정을 억눌러야 했다.

이 나이가 되어 새삼스럽게 사춘기를 다시 떠올리는 이유는 아무래도 내가 요즘 두 번째 사춘기를 겪는 듯해서다. 첫 번째 사춘기와는 여러모로 다르지만 내가 나를 통제하지 못하고 있다는 느낌은 비슷하다. 대신 그때는 나 빼고 다 마음에 들지 않던 시간도 있었는데, 지금은 오직 나 하나만 마음에 들지 않는다. 세상은 잘만 돌아가는 것 같은데, 남들은 다들 아무렇지 않은 척 잘들 사는 것 같은데 나만 괜찮지 않다. 좀처럼 눈물을 흘리는 법이 없어 영화관에서 여기저기 우는 소리가 나도 혼자 멀뚱히 있어 민망해하곤 했는데, 요즘은 조금만 슬픈 공익 광고만 봐도 눈물이 뚝뚝 떨어진다.

요즘 들어 자주 생각을 멈추곤 한다. 생각을 멈추는 게 과연 가능한 일인가 싶지만, 이런저런 상념들이 워낙 많이 떠오르다 보니 방법이 하나 생겼다. 생각하기 싫은 일이 몽실몽실 떠오르면 입 밖으로 '강아지!' 하고 소리 내어 말한다. 신기하게도 어느 정도 생각이 멈춰진다. 굳이 다른 생각으로 지금의 생각을 덮지 않아도 '강아지'라는 말을 내뱉는 순간 마법처럼 생각이 멈춰진다. 다만 일시적 효과라 그리 기쁘지는 않다. 몸이 아플 때 치료제가 아니라 진통제를 먹는 기분이랄까. 나아지는 게 아니라 무뎌짐이다.

거울을 보는 일이 싫어졌다. 예전의 나는 수시로 거울을 봤다. 내가 예뻐서, 내 얼굴에 만족해서가 아니라 그냥 습관적으로 내 모습을 확인하는 일이 당연하고 자연스러웠다. 혼자 있어도 내가 어떤 모습인지 나 스스로가 알 필요가 있다고 생각했다. 그런데 요즘은 거울을 볼 때마다 화가난다. 거울 속에 있는 모습은 분명 너무 오랫동안 봐서 익숙한데, 그래서 딱히 불만도 만족도 없었는데, 지금은 거울을 보는 일이 부담스럽고 싫다. 거울 속에 있는 사람이 나라는 사실이 그냥 싫다.

언젠가 사촌 동생이 사진을 찍어주면서 그랬다. 이젠 좀웃으라고, 웃지 않으니까 나이 든 티가 확 난다고. 그 말을들었을 때는 별생각이 없었다. 난 원래 사진을 찍으면서 잘웃지 않는 편이니까. 그런데 이제 새삼스럽게 저 말이 가슴에 박힌다.

'웃지 않으면 늙어 보이는 나이.'

그렇다. 확실히 나는 늙어가고 있다. 어른이 되고 싶다가도 그대로 멈춰 있고 싶던 과거 사춘기 시절과 달리 지금은고민의 여지없이 세월의 직격탄을 맞고 있다.

사실 여자들이 물리적으로 나이가 든다고 느끼는 것은서른을 넘기면서라고 한다. 그러나 나는 서른을 넘길 때 별

다른 생각이 없었다. 아마도 스물 중반 즈음에 사귄 남자친구 덕분인지도 모르겠다.

그는 당시 스물아홉이어서 서른을 앞두고 있었더랬다. 내가 '인생에 두 번째 사춘기가 다 있구나' 하고 느낀 건 그를 통해서였다. 그는 정말로 심하게 두 번째 사춘기를 앓았다. 하도 심해서 도대체 첫 번째 사춘기는 어떻게 살아남았는지 물어보고 싶을 지경이었다. 그를 보면서 나는 미리 예방주사를 맞듯 다짐했다. '서른이 되어도 아무렇지 말아야지. 대수롭지 않게 넘겨야지.' 그 다짐대로 정말 나는 아무렇지 않게 서른을 잘 통과했다. 이 나이 즈음이면 뭐라도 되어야지 하는 강박도 없었고 새로 시작하는 일에 대한 두려움도 없었다. 나는 서른이 되어도 흔들림 없이 이렇게 잘 지내고 있다고 자만했다.

하지만 지나고 보니 그건 착각이었다. 그때의 나는 잘 지내긴 했지만, 그건 내가 잘해서가 아니라 아직 두 번째 사춘기가 찾아오지 않았기 때문이었다.

지금의 나는 확실히 안 괜찮다. 나는 늘 내일은 없다는 듯 오늘만 사는 인간이었는데, 지금은 하루의 대부분을 내

일을 걱정하느라 소비한다. 머리로는 이게 얼마나 부질없는 짓인지 잘 알지만 이런 마음을 어찌할 수가 없다. 그저 '강아지'를 자주 외치는 수밖에.

그러나 첫 번째 사춘기와 다르게 이 나이의 내가 아는 것이 있다면, 언젠가는 이 또한 끝이 난다는 사실이다. 그때는 정말 그런 기분과 상태가 영원할 줄 알았다. 계속해서 이런 상태라면 사람이 살 수나 있을까 하고 걱정했다. 하지만 지금은 안다. 이 또한 지나가리란 것을. 체념이 아니다. 어쩌면 받아들인다는 느낌조차 없이 그냥 내 일부가 되어서 내 안의 어딘가에 차곡차곡 쌓이리라는 것을 안다.

나는 지금 또 한 번의 사춘기를 겪고 있다. 예전처럼 뼈아프지는 않지만, 몹시 갈증 나는 느낌이다. "네가 너무 싫어서 죽을 것 같겠지만 그렇다고 죽지는 않아" 하고 내 마음이 얘기하는 것 같은, 그런 또 한 번의 사춘기를 지나는 중이다.

우리 미리 겁먹지 않기로 해요

내가 이십 대 끝자락에 있을 때 나보다 한참 더 나이가
많은 지인들에게 가장 많이 들은 얘기는 앞으로 다가올 서
른에 관한 것들이었다. 주로 서른을 이제 막 지나온 사람들
이 나이 서른에 관해 충고하는 말이었다. 그들은 아직 오지
도 않은 나의 서른을 두고 나보다 더 관심이 많은 듯했다.

앞자리 숫자가 바뀌는 것이 얼마나 큰일인지 깨닫지 못
하는 나를 몹시 답답해하며, 그것은 강의 이쪽과 저쪽, 강
을 건너기 전과 건넌 후만큼이나 차이가 크다고 했다. 그들
의 말에 따르면 나이 스물여덟과 스물아홉은 같을 수 있지
만 스물아홉과 서른은 같은 게 아니었다.

이십 대 때 사귀던 사람 중 막 서른이 된 이들이 있었다. 한 사람은 내가 스물셋이라는 비교적 어린 나이에 만난 사람이었는데, 내 나이가 나이인 만큼 그때 나에게 서른의 남자란 좀 아저씨 같은 이미지가 있었다. 하지만 그는, 당연한 얘기지만 실제로 아저씨도 아니었고 별로 아저씨 같지도 않았다. 물론 나보다 나이가 일곱 살이 많다는 사실이 전혀 느껴지지 않을 정도는 아니었지만, 그때의 나도 나름 충분히 어른이었기에 그와 내가 그다지 다를 게 없다고 생각했다. 그도 직장생활을 하는 사람이 아니어서 조직생활을 오래 한 사람의 몸에 밴 무언가가 전혀 없었다. 그 또한 나와 딱히 세대 차이를 느끼는 것 같지 않았다. 그래서 나는 서른이란 저렇게 나이가 서른일 뿐, 별것 없구나 했었다.

이후 스물여섯에 만난 스물아홉의 남자는 달랐다. 나와 사귀던 중에 맞이하게 된 그의 서른은 거의 재앙 수준이었다. 그는 자신이 더는 이십 대가 아니라는 사실과 별로 해놓은 것도 없는데 벌써 서른이라는 사실에 무척 스트레스를 받았다. 스물아홉의 마지막 12월을 보낼 때 그는 우울증에 걸리기 직전 같았다. 남들은 크리스마스라고 즐거워할 때 그는 얼마 남지 않은 12월 31일을 두려워했고, 12월 31일에 새해 첫날을 카운트다운할 때는 마치 단두대에 서서 마지막을 기다리는 사람처럼 괴로워했다.

그를 보며 잔뜩 두려움을 안고 맞이한 나의 서른은, 별다를 것이 없었다. 앞자리 숫자 하나 바뀌었을 뿐 스물아홉의 나와 서른의 나는 강의 이쪽이나 저쪽처럼 다르지도 않았고, 돌이킬 수 없는 강을 건너온 느낌도 없었다. 그저 스물아홉보다는 서른이 좀 더 깔끔해 보였고, 나도 어디 가서 이제 어리다는 소리는 절대 듣지 않겠구나 싶을 뿐이었다. 나에게 서른에 대해 말해주었던 그 모든 사람의 근심 어린 충고는 딱히 큰 도움이 되지 않았다. 그들의 말과 달리 내 피부는 그렇게 갑자기 폭삭 늙지 않았으며 밤을 새우는 데 큰 어려움도 없었다. 무엇보다 뭔가를 좀 이루어야 한다는 것은 나이와 상관없이 내게는 별로 중요한 적이 없었던 고민인지라 아무렇지도 않았다.

그렇게 아무렇지 않은 서른을 지나 서른셋이 되었을 때 나는 그제야 내가 더는 젊지 않다는 것을 느꼈고 나이가 드는 것이 조금씩 두려워졌다. 이후에는 또 아무 생각 없이,

하지만 차곡차곡 나이를 먹으며 드디어 모두 마음 단단히 먹으라는 나이 마흔의 경계를 넘어왔다.

마흔이 된 지금, 나는 또 스물아홉의 내가 들었던 얘기와 흡사한 말을 들으며 산다. 나보다 나이가 많은 지인들은 일단 내게 젊으니 좋겠다 혹은 젊은 지금을 실컷 만끽하라는 식으로 말한다. 그들이 들려주는, 앞으로 내가 겪게 될 오십을 바라보는 나이에 대한 얘기는 주로 마음이나 감정보다는 건강에 치중된 내용이었다. 이젠 관절이 아파서라도 운동을 못 한다거나 가만히 있어도 어딘가 계속 아프다는 이야기에, 가끔은 큰 병에 걸려 수술을 하는 등 큰일을 겪은 이야기도 섞였다. 마흔에는 밤을 더 이상 새울 수 없고, 쉰이 가까워지면 밤에 자주 깨 잠을 깊이 자기 힘들다고도 했다.

빈도수는 다르지만, 그들이 공통적으로 말끝마다 붙이는 말이 "이제 늙어서…"이다. 무슨 이야기를 하든 '늙어서'라는 말이 꼭 등장했다. 나는 그들을 지금 내 나이 때보다 훨씬 이전부터 봐왔다. 그래서인지 그들을 봐도 딱히 나이가 많이 들었다거나 더 나아가 늙었다는 생각이 들지 않는다.

하지만 그들은 이미 스스로가 충분히 늙었으며, 앞으로 남은 일은 더 늙고 병드는 일밖에는 없다는 듯 매번 '이제 늙어서'를 덧붙였다.

물론 그들도 잘 알고 있을 것이다. 예순 살이 보면 쉰 살이 젊게 느껴질 것이고, 일흔 살이 보기에 예순 살이면 아직 그래도 무언가를 할 수 있는 나이라는 것을. 문득 궁금해진다. 왜 그 나이 때는 아직 괜찮다는 생각을 하지 못하는 걸까? 그 사실을 더 늙어서야 비로소 알게 된다는 것은 이미 충분히 경험했을 텐데 말이다. 지금이 가장 젊을 때라 생각하고 하루하루 즐기면서 살 수는 없는 걸까?

마흔이 된 나는 스스로 그렇게 늙었다고 생각하지 않는다. 더 나아가 아직 삼십 대인 사람들에게 마흔이란 이렇게 내 마음대로 되지 않는, 체력적으로나 심적으로나 당신들과는 비교가 되지 않을 정도로 나이 든 상태라고 말하고 싶지도 않다. 나는 지금이 좋다. 그저 그때는 그때의 삶이, 지금은 지금의 삶이 있다고 생각한다. 그러니 너무 겁먹지도 겁주지도 말았으면 좋겠다.

아직 우리 나이가 되지 않은 사람들에게 지금을 아무리

설명해봐야 그들이 몸소 겪기 전에는 알 수 없다. 이왕 그럴 거라면 부정적인 이야기보다는 긍정적인 이야기를 해주는 편이 낫지 않을까. 우리보다 나이가 많은 사람들이 말하는 마흔이라는 나이에 관한 긍정적이지 않은 이야기들에 너무 겁먹지 않아도 좋지 않을까.

인생이 오직 젊음에만 의미가 있는 것이 아니다. 젊기 위해 우린 어린 과정을 거쳤고, 또 어쩌면 성숙해진다는 것은 아직 한참을 더 걸어가야 하는 일인지도 모른다. 누군가 그랬다. 평균수명이 확 늘어난 만큼 현재 나이에서 마이너스 십을 하고 나이를 생각해야 하는지도 모른다고. 하기야 열두 살이면 이미 시집 장가를 다 갔던 시절에 비해 지금의 열두 살은 모두 아기들 같다. 그렇게 따지면 우린 아직 서른에 불과하다. 서른은 인생을 아직 한참 더 살아내야 할 나이가 아닐까.

내 얼굴에 대한 책임

"마흔이 넘으면 자기 얼굴에 책임을 져야 한다."

다들 한 번쯤 들어봤을 법한 에이브러햄 링컨의 말이다. 처음 이 얘기를 들은 건 스무 살 무렵이었다. 스무 살까지 못생긴 것은 부모 탓이나 환경 탓을 할 수 있지만 마흔이 될 때까지 못생긴 건 안 고친 자기 책임이라고, 당시의 나는 이렇게 해석했다. 사실 이 말은 마흔의 얼굴은 생김새의 곱고 미움과 상관없는 일종의 인상이라는 사실에 더 의미를 두고 있다.

인상은 평소 표정이나 마음이 얼굴에 드러나 긴 세월 동안 마치 도장처럼 얼굴에 새겨진다. 그러니까 마흔 이전에는 눈, 코, 입의 생김새가 어우러져 그 얼굴의 전체적 느낌을 크게 좌우한다면, 마흔 이후부터는 그보다는 표정과 마음이 더 크게 드러난다는 얘기다.

나는 프리랜서로 일하고 있다. 프리랜서도 종류가 다양한데, 내 경우 공식적으로 외출하는 일이 드물다. 집 밖으로 나가지 않아도 얼마든지 가능한 일을 하고 있어서다. 기껏해야 카페에 가서 글을 쓰는 정도가 전부인, 말하자면 재택근무 비슷하다. 물론 방송이나 인터뷰 등을 할 때도 있지만 그게 늘 있는 건 아니다. 그런 만큼 옷을 잘 차려입거나 화장을 정성껏 해야 하는 일로부터 비교적 자유롭다.

처음에는 그런 점이 정말 좋았다. 한때는 직장인이던 시절이 있었고, 아침마다 옷장을 보며 한숨을 쉬고 얼굴에다 뭘 더 발라야 조금이라도 나아 보일지 고민했었으니까. 더구나 내가 직장을 다니던 때는 여자가 화장하고 꾸미는 일을 일종의 예의 혹은 의무라고 생각하던 시절이었으므로 원하든 원치 않든 나 편한 대로만 하고 다닐 수도 없었다.

그런데 프리랜서가 된 지 올해로 딱 십 년이 되는 지금,

잘 차려입거나 정성껏 화장할 일이 없다는 게 좋기만 한지 잘 모르겠다. 그저 시키는 대로 일하고 월급을 받으면 그런 대로 버텨낼 수 있었던 직장인일 때보다 내 이름을 걸고 일하는 프리랜서인 지금 어쩌면 더욱더 스트레스를 받는 게 아닌지. 그래서 그만큼 더 폭삭 늙은 건 아닌지 의문이 든다. 일단은 나 스스로에 대한 비교는 불가능하다. 내 또래의 여자들 대부분이 나보다는 좀 더 얼굴과 외모에 신경을 쓴다. 아무래도 이런저런 공식적인 자리에 갈 일이 있거나 혹은 매일 출퇴근길에 수많은 사람과 부딪히고 직장에서 보는 눈도 있어서일 것이다.

방송국 리포터로 직장생활을 할 때는 나름대로 정장과 구두를 갖추고 있었다. 둘 다 끔찍이 싫어하는 아이템이긴 하지만 업무 특성상 또래들보다 입고 신을 일이 많았다. 그때는 또 너나없이 한참 브랜드를 따져가며 옷을 입었기 때문에, 나는 해마다 고가의 정장들을 서너 벌씩은 마련해야 했고 그 옷에 맞는 구두나 가방도 사야 했다. 또 그런 옷차림에 어울리는 얼굴을 하기 위해 피부과에서 일주일에 두 시간씩 누워 마사지와 레이저 시술을 받았고 유행하는 화장품들은 모조리 사서 발랐다.

처음에는 외모 꾸미기가 다소 성가시고 귀찮았지만 모두가 잔뜩 꾸미고 최대한 예쁘게 보이려는 분위기다 보니 어느새 나도 그 모든 것이 자연스럽게 느껴졌다. 그리고 그렇게 얼굴을 꾸미는 것이, 비록 화장을 지우면 다른 얼굴이 나타난다고 하더라도, 매우 중요한 일로 자리 잡았다. 혹시 직업을 밝힐 일이 있어 리포터라고 했을 때 사람들이 '아, 역시 그랬군요' 하는 반응을 보이지 않으면 내가 뭔가 잘못하고 있다는 느낌마저 들었다. 그때의 나는 마치 잘 차려입고 최대한 아름답고 매끈한 얼굴을 유지하기 위해 사는 사람 같았다.

방송국을 그만두고 매일 출근할 일이 없어지자 어느새 내 옷장에는 하나둘 정장이 사라졌다. 작아서 못 입고 유행 지나 못 입고 그렇게 야금야금 버리기만 하고 다시 채우지 않으니, 청바지와 티셔츠 같은 소위 캐주얼이라고 부를 만한 옷가지만 남았다. 신발장에서도 정장 구두 같은 건 자취를 감췄다. 그렇게 나는 신문사 기자 시절과 북 칼럼니스트 시절을 보냈다.

아무도 나에게 쫙 빼입고 어딘가로 오라 하지 않았고 나도 차려입고 어디로 갈 일이 없었다. 내가 글 쓰는 인간으로서 누린 소소한 특권 중 하나였다. 피부과에서 두 시간씩 관리를 받을 필요도 없고 얼굴에는 기초화장품 정도만 바르면 끝이었다. 이제 더는 매끈하고 탱탱한 피부를 유지하는 것이 내가 해야 할 일 중 하나가 아니었으니까. 두꺼운 메이크업과는 안녕이었다. 그렇게 산 세월이 올해로 십오 년이 다 되어간다.

작가가 되고부터는 더 본격적으로 화장하거나 차려입을 일이 없어졌다. 간혹 방송 출연이나 인터뷰를 하러 나갈 때도 정장이 필요한 경우는 거의 없었다. TV에 출연할 때는 방송국에서 헤어와 메이크업, 의상까지 다 준비해주니 그저 샤워만 하고 가면 그만이었고, 라디오 방송이나 인터뷰를 할 때는 편하게 입고 가도 그러려니 하는 분위기였다. 심지어 프로필 사진을 찍을 때도 헤어나 메이크업을 따로 받지 않았다. 그러나 그 모든 것이 아무렇지 않았던 것은 딱 마흔 전까지였다.

마흔이 된 지금 내 얼굴을 찬찬히 뜯어보면 나이 듦이

느껴진다. 크게 달라지진 않았지만 예전과는 조금씩 다른 게 눈에 보인다. 물론 깊은 주름을 걱정할 나이는 아니다. 그래도 눈가의 잔주름과 현저하게 탄력을 잃은 피부는 굳이 밝히지 않아도 내 나이를 고스란히 말해준다. 한 살 먹을 때마다 콜라겐이 몇 프로씩 감소한다느니 중력 때문에 얼굴이 처진다느니 하는 사실을 몰라도 눈으로 확인할 수 있는 나이가 바로 마흔 즈음이다.

외모에 아무리 무신경한 여자라 하더라도 세월의 흐름에 따른 얼굴 변화는 당혹스럽기 마련이다. 나 역시 그렇다. 화장품 광고처럼 시간을 거스르고 나이를 거꾸로 먹는 것까지는 바라지도 않지만 이렇게 빨리 얼굴에 변화가 올 줄은 몰랐다. 나는 내내 삼십 대 언저리의 그 얼굴로 살 거라고 생각했었나 보다.

어느 날, 아는 사진작가와 나이에 따른 얼굴 변화에 관해 이야기를 나눈 적이 있다. 그는 말했다. "특히 지금 우리 나이가 역광에서 보면 무너진 얼굴선이나 처진 탄력이 드러나는 시기야. 언젠가는 역광이 아니라 그 어떤 광선이나 조명 아래에 있어도 아무 소용없는 날이 올 거야." 그렇다. 인정하기 싫지만 이제 늙는 일만 남았다.

마흔이 되면서 나와 내 친구들에게 일어난 작지만 큰 변화는 이제 우리 중 누구도 '셀카'를 잘 찍지 않는다는 것이다. 한때 우리는 단지 배경이 예뻐서, 조명이 괜찮아서, 얼굴이 잘 나온다는 이유만으로 레스토랑이나 카페를 찾기도 했다(한때 커피숍에 메이크업룸을 따로 두는 게 유행이었는데, 거기에는 으레 전구가 잔뜩 달린 연예인 거울이 설치되어 있었다. 그 거울로 보면 신기하게도 1.5배 정도는 더 예뻐 보였고 당연히 그런 곳은 셀카 핫스폿이었다). 그런데 지금은 그 어떤 예쁜 곳을 가도 사진을 찍되 그 안에 나의 얼굴을 함께 담지는 않는다.

사실 셀카라는 게 뭐겠는가. 이건 나르시시즘의 가장 간소하고도 귀여운 표현 같은 거다. 셀카는 자신을 사랑하고 자신감을 가져야 가능하다. 또한 타인이 아닌 내가 자신이 가장 예쁘다고 생각하는 모습을 남기는 일이다. 일례로 내 사진을 남에게 보여주었을 때 그가 예쁘다고 말하는 사진과 내가 예쁘다고 느끼는 사진이 꼭 일치하지만은 않는다. 그만큼 셀카는 자기중심적이며 나르시시즘적 행위의 산물이다. 그런 셀카를 더는 찍지 않는다거나 찍는 횟수가 현저하게 줄었다는 것은 그만큼 자신감이 줄었다는 얘기고, 지금의 내 모습이 내 마음에 들지 않는다는 의미다.

지인 중에는 직업 때문에 수시로 프로필 사진을 찍어야 하는 사람들이 있다. 그들조차 과거보다 사진을 찍는 횟수가 줄었고 예전 프로필 사진을 그냥 쓰는 경우가 많아졌다. 어떻게 찍어도 예전보다 나은 사진을 건지기 힘들고, 이제는 예쁘게 나온 사진보다는 한 살이라도 젊게 나온 사진이 필요해서다.

아, 물론 나도 고상하게 이렇게 말하고 싶다.

"외모보다 내면의 아름다움이 중요해요."

"주름과 처진 피부는 그저 누구나 겪는 노화의 과정일 뿐 특별할 것 없어요. 그러니 의미를 부여하지 않도록 해요."

"외모보다 더 가치 있는 일에 고민하고 투자합시다."

하지만 이런 말을 들으면 나부터도 대외적으로 하는 옳은 말일 뿐 진심으로 저렇게 실천하며 살 수 있을 것이라는 생각이 들지 않는다. 외모보다 내면에 더 신경 쓰라는 건, 바꾸어 말하자면 그만큼 외모는 많은 사람이 신경을 쓰는 무언가라는 얘기이기도 하다.

솔직히 말해보자. 우리에게 단 오 년이라도 시간을 거슬러 올라가 그때의 얼굴이 될 수 있는 기회와 가능성이 주어진다면, 거부할 수 있을까? 만약 그때의 얼굴이 누군가와 싸워서 빼앗아 올 수 있는 것이라면, 강펀치와 훅을 날려서라도 갖고 싶은 것이 나와 그대들의 솔직한 심정이리라.

이제 우리는 젊어서 아름다운 것과는 점점 더 멀어질 뿐이다. 앞서 말했듯 마흔이 넘으면 자신의 얼굴에 스스로 책임져야 한다. 그런데 왜 하필 스무 살도 서른 살도 아닌 마흔일까? 그건 아마도 살아온 시간이 얼굴에 반영되기 위해서는 그만큼의 세월이 흘러야 하기 때문일 것이다. 타고난 것, 물려받은 것이 아니고, 그렇다고 고가의 시술이나 수술로 이룬 후천적 노력도 아닌 그 무언가가 얼굴에 드러나는 시간이 바로 마흔부터다. 평소 내가 웃으며 살았는지 울며 살았는지, 화내며 살았는지 짜증 내며 살았는지 고스란히 드러난다. 이런 하루하루가 모여 지금 우리의 얼굴이 되었기 때문에. 그리고 앞으로 나이가 들수록 우리 얼굴에는 우리의 매일이 더 깊이 그리고 더 넓게 새겨질 것이다.

내가 아는 한 여성은 이십 대 때부터 참으로 열심히 얼굴을 관리했다. 비린내를 참아가며 밤마다 달걀노른자 팩을 하고 오이가 제철일 때는 얼굴이 피부색일 때보다 초록색일 때가 더 많았다. 그뿐만이 아니다. 1970년대 초반, 대부분 감히 성형수술을 생각도 못 할 시기에 그분은 과감하게 얼굴에 메스를 들이댔다. 과거 사진은 모두 태워버리고 새로운 얼굴이 된 다음, 예쁜 얼굴을 열심히 가꾸며 살았다. 하지만 문제는 그분의 인성이었다. 매사에 짜증과 화가 많았던 그분에게 세상살이는 화나거나 짜증 나거나 둘 중 하나였다. 웃는 날보다 찡그리는 날이 더 많았고 욕도 입에 달고 살았다. 자신이 행복하기 위해서라면 타인의 눈에 피눈물이 흐르든 말든 아랑곳하지 않았고, 자기 때문에 가슴이 다 찢긴 사람 앞에서 제 손톱 아래 박힌 가시가 아프다며 울기 일쑤였다.

그러던 어느 날 사십 대의 그분은 연출하고 찍는 사진이 아닌 누군가가 예고 없이 찍은 자신의 스냅사진을 보게 되었다. 그 속에는 평상시 자기 모습이 그대로 있었다. 그 순간 깨달았다. 평소 자신은 마치 마귀할멈처럼 불만을 잔뜩 품고 있는, 누가 봐도 결코 아름답다거나 좋아 보이지 않는 사람이라는 사실을 말이다.

이후 그분은 더 열심히 비싼 크림을 바르고 비싼 피부 관리를 받았고, 자외선을 피하려 해가 있을 때는 외출도 삼갔다. 하지만 그걸로는 부족해 보였다. 뭔가 물리적으로 확실한 것이 필요했다. 리프팅 실을 피부에 이식하고 보톡스를 맞고 나중에는 피부 절개를 한 후 눈이 치켜 올라갈 정도로 피부를 당겼다.

현재 그분은 일흔을 바라보는 나이가 되었다. 그분의 얼굴이 어떨지 상상이 가는가? 주름 하나 없지만 내 눈에는 결코 자연스럽지도 아름답지도 않아 보인다. 보톡스를 너무 맞아 울어도 웃어도 똑같은 표정이고 눈은 너무 사납게 치켜 올라가서 늘 화가 난 사람 같다. 나는 그분을 보면서 알았다. 자신의 얼굴에 책임을 지는 나이라는 것이 무엇인지, 그리고 자기 얼굴에 책임을 지는 일이 무엇을 뜻하는지를 말이다.

내면의 아름다움을 추구하라고, 외적인 아름다움은 그저 지나가는 한때의 축복 같은 것일 뿐이라는 진부한 말을 하려는 게 아니다. 지금 우리에게 필요한 것은 고가의 화장품이나 피부과가 아니라 하루를, 한 달을 그리고 일 년을 어떻게 지내야 하는가에 대한 고민이 아닐까. 조금 더 많이 웃고 좀 더 즐겁고 행복하게. 이게 어쩌면 우리를 젊고 아름답게 해주는 가장 강력한 무기가 아닐까? 가는 세월을 붙잡아주거나 없던 미모를 만들어주지는 못하겠지만 대신 우리의 얼굴에 가장 크게 자리 잡는 인상을 결정하는 것은 역시 우리 자신인지도 모른다.

나는 좋다는 화장품도 열심히 바를 것이고 가끔은 시간을 내서 피부과 침대에 드러누워 레이저도 맞을 것이다. 하지만 그보다 더 열심히 웃고 최선을 다해 행복할 것이다. 나의 얼굴뿐 아니라 나 자신을 위해서. 이제 마흔이니 예전보다 더 행복하고 더 많이 웃으며 살 자격도 의무도 충분하니까.

마흔이 되면서 나와 내 주변인들의 대화가 좀 달라졌다.
건강, 돈, 정확하게는 노후대책에 관한 이야기가 등장한 것
이다.

스무 살이나 서른 살에 돈을 버는 이유는 간단했다. 지금
당장 쓸 돈이 없으니까, 먹고살아야 하니까. 그렇게 버는
돈은 관리 또한 간단했다. 저축 조금 하고 거의 다 쓰면 그
만이었다. 사실 이십 대 때 경제관념이 철저해서 악착같이
아끼고 저축하는 타입의 소수를 제외하고는, 우린 늘 이달
벌어 지난달 카드값을 막고 다음 달 카드값은 또 어쩌지 하
는 고민에 손톱을 물어뜯어야 했다. 사고 싶은 것도 많고,

하고 싶은 것도 넘쳐나던 이십 대 때에는 에너지가 없어서 가 아니라 순전히 돈이 없어서 못 하는 것투성이였다.

그렇게 소비에 골몰하던 시기를 지나 삼십 대가 되면 이제는 당장 쓸 돈에 대한 문제보다는 슬슬 자산이라고 부를 만한 것들에 대해 생각하기 시작한다. 누구는 월세가 아닌 전세로 산다더라, 아니 전세가 문제냐 누구는 지금 아파트를 사려고 청약 적금을 붓고 있다더라, 누구는 이번에 새로 나온 신형 차를 뽑았다더라 등등. 이십 대 때 고작 가방이나 신발, 옷 등으로 평가되던 경제력은 그즈음 사는 동네와 끌고 다니는 차같이 훨씬 더 큰 덩어리로 평가된다.

그리고 이때 우리는 크게 두 부류로 갈라진다. 결혼해서 자신의 경제력에 남편의 경제력까지 합쳐지는 유부녀와 자기가 가진 자산과 벌이가 경제력의 전부인 비혼 여성.

솔직히 그때 유부녀에게 갖는 부러움은 우리가 말로 하지 않았을 뿐이지 그야말로 '넘사벽'에 대한 감정 같은 것이었다. 월세를 걱정하는 나와 달리 그녀들은 결혼을 기점으로 어느 날 갑자기 작게는 전셋집을, 크게는 자기 집을 떡하니 장만하기도 했다. 이십 년을 한 푼도 안 쓰고 모아야 겨우 집을 사느니 마느니 하는 시대에 결혼은 확실히 두 사람의 경제력을 모아 혼자서는 도저히 도달하기 힘든 지점까지 한 번에 점프할 수 있는 발판임이 분명했다.

하지만 결혼한 사람들이 마냥 부럽던 시절은 삼십 대 초반까지다. 왜냐, 그들은 이제 자녀 교육비로 비혼들은 상상도 하기 힘든 많은 돈을 써야 하기 때문이다. 처음에는 두 사람이 집도 있고 차도 있고 정말 좋겠다 싶었지만, 그들에게 2세가 생기면 상황이 조금 달라진다. 양육비와 교육비가 엄청나게 들어가 그들이 그나마 잠깐 누리던 경제적 풍요와 여유를 반납해야 하는 시기가 오기 때문이다.

비혼은 비혼대로 고민이 많다. 삼십 대까지는 솔직히 내가 언제까지 돈을 벌 수 있을 것인가 하는 생각은 별로 하지 않는다. 하지만 사십 대가 되면 이제 건강에 무관심할 수 있는 시기를 지나, 회사에서 쫓겨나지 않는다고 해도 체력적으로 언제까지 지금처럼 일할 수 있을지에 관한 고민이 생겨난다. 게다가 세상 거의 모든 일에는 정년이 있다. 자영업자라면 본인이 정하는 날이 정년이겠지만 어딘가에 소속된 사람이라면 정년을 생각하지 않을 수 없다. 딱히 정년이 없는 나 같은 직종에서조차 젊고 재기발랄한 후배들이 치고 올라오기 때문에 지금 이 자리를 언제까지 유지할 수 있을지 알 수 없다.

일단 벌기만 하면 되던 시기와 달리 지금 우리는 언제까지 벌 수 있을지, 또 더는 벌지 못하는 날이 오면 과연 어떻게 살 것인지 걱정하지 않을 수 없다. 물론 사십 대가 직장에서 가장 인정도 받고 돈도 많이 벌 수 있는 시기라고들 하지만 물 들어 올 때가 있으면 빠지는 때가 온다는 것을 잘 알기에 두려움은 더욱 크다.

안타깝게도 정년에 비해 인간의 평균수명이나 기대수명은 엄청나게 늘어났다. 우리 윗세대도 정년퇴직 이후 어떻게 먹고살지를 걱정하는데, 그들보다 더 긴 노후를 보내야 하는 우리는 아마 더하면 더했지 덜하지는 않을 것이다.

경제 상황 또한 유례없는 불경기에 사상 최악의 실업률을 찍고 있다. 갑자기 나라 전체가 엄청나게 부유해지는 일 따위는 없을 테고 시쳇말로 내 월급 빼고는 다 오르는 상황에서 그나마 알량한 월급마저 끊기는 때를 생각할 나이가 온 것이다.

오늘 아침에도 아는 언니와 통화하면서 건강 얘기 다음으로 돈 얘기를 나눴다. 지금 얼마를 벌고 얼마를 더 벌고 싶고가 아닌, 일을 관두고 나면 뭘 해서 먹고살 것인지, 지금부터 무슨 준비를 해야 할 것인지에 대한 이야기였다.

언니나 나나 둘 다 프리랜서라서 수입이 들쭉날쭉 불안정했는데, 최근 언니는 프리랜서 일을 정리하고 회사로 다시 들어갔다고 했다. 그쪽 업종은 프리랜서로 활동할 때 사실 더 많은 일을 할 수 있어서 조금만 인지도가 쌓이면 다들 프리랜서 선언을 한다. 하지만 길게 생각했을 때 회사에 있으면 시간이 지나 현역으로 일하지 못하는 때가 오더라도 관리자로 일할 수 있으니, 눈앞의 수익보다는 장래성을 생각하고 내린 결정인 듯했다.

프리랜서로 일을 해본 사람들은 다들 알겠지만, 우리가 가장 부러워하는 것은 얼마가 되었건 간에 다달이 꼬박꼬박 나오는 월급이다. 그런 월급을 받게 되어 그런지 언니의 목소리에서 안정감이 묻어났다.

또 다른 아는 언니는 조그만 아파트에 전세를 들어 살다가 올해는 1억이나 더 전셋값을 올려달라는 바람에 이참에 무리해서 집을 사버렸다고 했다. 물론 있는 대출 없는 대출 다 받았기에 지금부터 빚 갚을 생각을 하면 앞이 막막하다 고는 했다. 그래도 대한민국에 내 이름으로 된, 아무도 나가라고 하지 않고 세를 올리지도 않는 내 집이 있다는 사실만으로도 안 먹어도 배가 부르다며 기뻐했다.

사실 저 두 언니는 굉장히 수익 관리도 잘하고 자산도 열심히 잘 굴린 경우다. 두 사람이 그렇게 되기까지는 몇 번의 시행착오가 있었겠지만 이 정도는 매우 행복한, 아니 엄청나게 드문 경우에 속한다.

반면 내가 아는 어떤 오빠는 아직도 어머니에게 얹혀사는데, 둘 사이는 거의 원수지간이나 다름없다고 한다. 미혼인 채로 나이가 들어 이젠 흰머리가 나다 못해 머리가 빠지기 시작하는 아들의 밥상을 차리는 늙은 어머니의 심정을 다 안다고는 할 수 없지만 속상한 마음은 헤아릴 수 있을 것 같다. 그 오빠가 독립하지 못하는 이유는 단 하나, 경제력이 없어서다. 몇 번의 직장생활을 했지만 인생의 대부분의 시간을 돈 안 되는 예술을 한다고 골몰했으니 그의 경제력은 상상 이상으로 좋지 않았다. 심지어 어머니의 쌈짓돈에 손을 대기도 하는 모양이었다. 그런 사람 앞에서는 솔직히 노후니 경제니 하는 말은 다 사치다. 그저 지금 당장 노모의 지갑에 손대지 않고 담배를 사 피우거나 술을 마실 수만 있다면 그걸로 행복한지도 모를 일이다.

친구 하나는 이미 결혼해서 아이가 하나 있는데, 문제는 남편의 경제력이 거의 있으나 없으나라는 것이다. 결혼 전에는 꽤 벌이가 괜찮았는데 남편이 일하던 분야에 서서히 불황의 그늘이 드리우더니 급기야는 회생불능 지경까지 간 모양이었다. 그래서 남편은 집에서 살림하며 아이를 보고 친구는 계속해서 직장을 다녀야 하는 상황이다. 심지어 그녀는 투잡도 모자라 쓰리잡까지 하면서 어떻게든 기울어가는 가정 경제를 일으키려고 안간힘을 쓰고 있다. 하지만 혼자 힘으로 그 많은 대출금과 생활비를 어떻게 벌 수 있을까.

마흔의 경제 상황이란 이렇게 제각각이라서 어떻게 보면 서로 고민을 털어놓고 위로를 한다는 게 불가능해 보이지만 또 그렇지도 않다. 우리에게는 삼십 대와는 달리 미래에 대한, 정확하게 말하자면 노후에 대한 불안감이라는 공통된 고민이 있다. 언젠가 더는 일할 수 없고 더는 수입이 발생하지 않는 날이 그리 머잖은 미래로 다가올 것이고, 그렇게 되면 과연 그때는 어떻게 먹고살 것인가 하는 실질적인 고민이 누구에게나 존재한다. 아무리 사회보장이 잘되어 있다 하더라도 (사실 잘되어 있지 않다는 건 우리 모두 아는 사실이지만 그건 넘어가도록 하자) 말 그대로 밥만 먹고 최소한의 돈만 쓰면서 목숨만 부지하는 삶을 노후대책이라고 말하기는 힘들다. 그때도 우리는 지금처럼 맛있는 것을 먹고 좋은 걸 보고 싶어 하며 때로는 무언가를 가지고 싶어 할 것이다.

문제는 지금도 겨우 하루, 한 달을 버티는 처지에서 미래의 일까지 고민할 여유가 없다는 것이다. 날마다 신문 사회면에 나오는 독거노인의 고독사가 남의 일이 아니구나 싶다. 고독사하는 노인의 대부분이 경제적으로 매우 취약한 상황에 놓여 있음은 두말할 필요도 없다. 안 그래도 늙는 게 서러울 텐데 돈마저 없다면 서러움 따위는 비집고 들어갈 틈도 없는 비참함이 기다리고 있을 것이다.

윤여정이 주연을 맡은 〈죽여주는 여자〉를 친구들과 볼 때였다. 우리 뒤에 앉은 이십 대들이 "어머, 어떻게 저럴 수 있어. 너무 끔찍하다 얘"라고 하는 소리가 들렸다. 그렇게 말할 수 있는 젊은 그들이 부러웠다.

늙어서까지 생계를 위해서 죽을힘을 다하지 않으면 안 될지도 모른다는 것은 우리 마흔에게 가장 끔찍한 악몽이다. 더구나 스스로 이룬 가정과 가족이 없는 비혼들의 걱정은 비슷한 또래의 기혼자들보다 훨씬 더 심각하다.

나 역시 내일 당장 어떻게 될지 모르는 프리랜서 신세이고 최근에 개인사가 좀 얽혀서 모아놓은 돈을 곶감처럼 빼먹은 적도 있기에, 지금 아무렇지 않다거나 혹은 내일 걱정은 내일 하자고 속 편하게 말할 수도 없는 처지다.

이 글을 읽는 분들에게 노후 걱정을 날릴 기막힌 방법을 알려줄 수 있다면 좋으련만, 불행히도 그런 방법 같은 건 없다. 다만 이런 생각을 한다. 이십 대에도 삼십 대에도 나는 단 한 번도 돈 걱정을 하지 않은 적이 없다. 언제나 필요한 것들과 가지고 싶은 것들 사이에서 취사선택을 해야 했고 매일 저녁 가계부를 적으면서 다음 달에는 좀 나아지려나 기대했다. 그건 지금도 크게 달라지지 않았다. 마흔이 되면 백화점에서 가격표를 보지 않고 물건을 사겠다느니 백화점에 마트용 쇼핑카트를 끌고 가서 사고 싶은 모든 걸 싹 쓸어 담겠다느니 하는 꿈들은 진작에 접었다. 대신 돈을 어떻게 잘 쓸지에 대해 조금 더 고민하기 시작했다.

마흔이 되고부터는 단순히 소유욕에서 비롯된 소모적 소비를 끝냈다. 미니멀라이프까지는 아니더라도 물건 하나가 늘어나면 원래 가지고 있던 낡은 혹은 잘 쓰지 않는 물건을 버릴 줄도 알게 되었다. 내가 늘 쓰는 물건, 하지만 일정 시간이 지나면 다 쓰고 없어지는 것에 돈을 조금 더 쓰기로 했다. 먼저 향이 좋고 거품이 잘 올라오는, 이탈리아의 어느 수도회 수도승들이 직접 만들었다는 고급 비누를 사고 머릿결 좋은 여자 연예인들이 쓴다는 비싼 샴푸를 사서 쓰기 시작했다. 처음에는 쓸데없이 돈을 낭비하는 건 아닌가 했었지만 좋은 비누로 세수하고 좋은 샴푸로 머리를 감는 일은 꼭 피부와 머릿결이 좋아지는 효과만 있는 게 아니라 씻는 과정 자체를 즐겁고 행복하게 해주었다.

이후 나는 경험을 위한 것, 혹은 내가 알고 싶은 것에 돈을 쓰는 일에 주저하지 않았다. 과거에는 돈을 쓰면 그 무게든 부피든 무엇으로든 나를 만족시켜야 한다고 생각했다. 이제는 아무것도 남지 않는 것, 그래서 내가 돈을 썼는 지 아닌지도 알 수 없는 것에 쓰고 있다. 과거 어떻게든 여 권에 도장 하나 더 찍기 위해 빠듯하더라도 해외여행만 고 집하다가, 이제는 그 돈으로 국내에서 좋은 호텔 숙박과 훨 씬 여유로운 일정이 가능한 여행을 한다. 또 예전부터 관심 이 있었던 도자기, 프랑스 자수, 꽃꽂이, 조향을 배우러 다 닌다. 뭔가 돈을 쓴 티가 나지 않아도 내 안에 남는 것, 그 돈을 지불하고 내가 얼마나 더 가졌는가가 아니라 얼마나 더 행복해졌는가에 초점을 둔다.

사실 우리는 어쩌면 죽을 때까지 현재에 쓸 돈 걱정과 더불어 미래에 쓸 돈 걱정까지 하며 살지도 모르겠다. 사십 대에는 내일은 마치 존재하지 않는 것처럼 지금 이 순간만 을 즐길 수는 없다. 이제 우리는 막살 수도 없고, 막살아지 지도 않는 마흔이니까. 하지만 이런 걱정들에 눌려 현재를 담보로 잡지는 않았으면 좋겠다. 마흔에도 역시 오늘이 소 중한 것에는 변함이 없으므로.

아침부터 엄마에게서 전화가 왔다. 엄마한테야 오후나 다름없는 시간이겠지만 내게는 거의 꼭두새벽인 시간인지라 무슨 일이라도 생겼나 싶어 걱정부터 앞섰다. 내가 나이가 들어가는 만큼 이제 엄마는 어딜 가도 '할머니' 소리를 듣는 데 전혀 모자람이 없기에 건강에 이상 신호가 온 건 아닌가 싶었다. 아니면 무슨 사고라도 났나 더럭 겁이 났다. 그러나 나의 이 모든 걱정은 기우에 불과했다. 내가 전화를 받자마자 우리 모친께서 말하신다.

"내가 니 생각만 하면 자다가도 벌떡 일어나 앉아서 한숨을 몇 번을 쉬는지 모르겠다."

내가 엄마를 걱정시키는 것이 어디 한두 가지이겠느냐마는, 결국에는 늘 내가 십 년 넘게 업으로 삼고 있는 작가라는 직업이 가장 큰 문제였다.

처음 내가 작가가 되었을 때 엄마는 몹시 기뻐하셨다. 누가 묻지도 않았는데 뜬금없이 사람들에게 내 직업을 이야기할 정도였다. 하지만 이 작가라는 직업이 엄마의 생각처럼 많은 돈을 벌어다주지도 않을뿐더러 작가라고 다 이름만 대면 알 만큼 유명해지지도 않는다는 사실을 알고부터 엄마는 내 옛 직업들을 하나둘 그리워하기 시작했다. 내가 그렇게 때려치우고 싶어 했던 리포터도 기자도, 심지어 '여자가 하는' 일치고는 너무 몸 쓰는 일이라며 싫어하셨던 음향 분야 일도 어느새 엄마에게 작가보다는 안정된 직업, 딸이 놓친 아까운 직업이 되었다.

시간이 지나도 내가 더 유명해지거나 돈을 왕창 벌 일 같은 건 요원해 보이자 엄마는 어느새 내게 취직을 하라고 권했다. 이십 대, 삼십 대도 취업을 못해서 실업률이 몇 퍼센트네 하는 마당에 지금 이 나이에 무슨 취직을 하느냐고 해도, 엄마는 들은 척도 하지 않으신다. 그저 이제라도 안

늦었다고 하실 뿐. 요즘 들어 엄마의 변화 중 하나는 내게 끊임없이 인생은 마흔부터라고 외치는 거다. 당신이 보기에는 내가 여전히 불안불안한 시기를 보내고 있는데, 그럼에도 불구하고 어느 정도 나이가 들었다고 여기서 안주라도 할까 봐 불안해서 그러시는 것이다.

내가 인생을 살면서 백수처럼 지낸 시절은 단 한 순간도 없었다. 대학을 졸업하자마자 방송국 리포터로 취직해서 하루 2교대를 하고, 명절에도 헬기를 타가며 교통 상황을 방송했다. 그러다 방송국을 관두고서는 신문사 문화생활부 기자가 되어 나름대로 휴일도 반납해가며 열심히 취재하고 기사 작성을 했다. 나중에 음향 엔지니어가 되었을 때 역시 쉬지 않고 일했다. 그러다 음향 엔지니어를 관두고 딱 일 년 정도 나는 내 삶에 휴가를 주었다. 중간에 구직을 위해 잠깐 동안 쉬었을 때를 제외하고 계속해서 일을 해왔으므로 스스로에게 한 번 정도는 무급이라 하더라도 휴식의 시간을 주고 싶었다. 이때가 아니면 평생 일을 쉴 수 있을 것 같지가 않았다.

그리고 일 년 동안 나는 작가가 되기 위한 준비를 했다.

대놓고 준비하지 못한 건 좀 창피했기 때문이었다. 나이를 먹을 만큼 먹은 여자가 멀쩡한 직장을 때려치우고 한다는 일이 작가 지망생이라니…. 어디 가서 비웃음 당하기 딱 좋을 것 같았다.

그 당시 엄마의 걱정은 그야말로 하늘을 찔렀다. 아니, 애가 시집을 가려고 준비하는 것도 아니면서 왜 일 년씩이나 아무것도 하지 않고 방바닥만 긁겠다는 건지, 도무지 이해를 못 하셨다. 그런 엄마에게 "실은 작가를 준비 중입니다" 하고 말했더라면 조금이라도 덜 답답했을지 모르겠지만 나는 끝내 그 말을 하지 못했다. 내가 작가가 되는 일 같은 건 어쩐지 절대로 일어나지 않을 것 같았기 때문이다. 그렇게 잠시 동안 먹고살기 위해 일을 해야 한다는 그 당연하고도 익숙한 걱정으로부터 조금은 멀어져 있었다. 물론 일 년 뒤에 바로 작가가 되지는 못했다. 하지만 정말로 내가 하고 싶었던 글 쓰기를 연습한 끝에 어쨌거나 나는 전업 작가가 되었다.

사실 엄마의 취직 권유는 그냥 빈말이 아니다. 정말 신문 광고란에 난 '구인'에 동그라미를 치고 그걸 나에게 읽어주려고까지 했다. 그런 말을 할 때마다 무시무시하게 화를 내며 그 마음 좀 접으라고 해도 안 되나 보다. 엄마는 그저 허울만 좋은 작가보다는 취직해서 꼬박꼬박 월급을 받는 직업이 훨씬 더 좋다고 생각하신다. 그리고 결정적으로, 다른 사람은 몰라도 나는 작가를 직업으로 할 그릇이 아니라고 여기신다.

솔직히 다 맞는 말이다. 마음은 좀 상하지만 이해가 가지 않는 것은 아니다. 내가 예술을 추구하는 작가도 아니고, 스타성이 있는 작가도 아니고, 그렇다고 가진 게 많아서 취미 삼아 놀이 삼아 글을 써도 자동으로 입에 풀칠할 수 있는 것도 아니니 말이다. 누군들 먹고사는 문제에 대해 무심할 수 있겠는가. 가끔은 나도 언제까지 지금과 같은 생활을 유지하며 살 수 있을지 걱정이 되기도 한다.

이 직업은 출퇴근이 없다. 그리고 내밀 명함 같은 것도 주어지지 않는다. 한 출판사에 매여 있는 몸도 아니기 때문에 "그 출판사의 네임 밸류가 곧 나의…" 이렇게 설명할 수도 없다. 몇 권의 책을 냈느냐로도 충분히 설명할 수 없다.

솔직히 일을 하기는 하지만, 정확하게 내게 어떤 일을 하는 사람이냐고 묻는다면, 잘 모르겠다. 방송에 나갈 때나 인터뷰를 할 때 스스로를 작가라고 소개하기는 한다. 하지만 작가에도 여러 종류가 있다. 일반인들에게 가장 잘 알려진 것이 시인이나 소설가 혹은 드라마 작가일 텐데, 난 세 가지 모두에 해당하지 않는다. 그래서 문학 계열이라고 말하기도 애매하다(내 책은 주로 자기계발서로 분류된다. 가끔은 심리학 분야로 분류되기도 하는데, 그렇다고 내가 심리학 전공자는 절대 아니다).

내가 쓰는 소설이 영화가 되어 나온다고 말할 수 있으면 나도 참 좋겠다. 누가 들어도 알 만한 사람이 될 수 있을 테니 엄마 또한 나의 직업을 어느 정도 인정할 수 있을 것이다. 그러나 책 나오기 전 몇 달을 제외하고는 내내 노는 듯이 보이는 나를 대체 뭐 하는 사람으로 설명할 것인가. 나는 아직까지도 엄마에게 "난 뭐 하는 사람입니다"라고 내 입으로 말해본 적이 없다. 다만 "책이 나왔습니다" 내지는 "책 계약을 했습니다" 정도는 말하지만, 그거 해서 얼마 버느냐고 물으면 나도 모른다고 할 수밖에. 책을 낸다 하더라도 몇 권이 팔려서 얼마를 벌지는 나도 출판사도 독자도 그 누구도 예상할 수 없다. 다만 만들 때 되도록 많은 사람들이 읽고 좋아해줬으면 하고 바라지만, 그건 말 그대로 바람일 뿐이다.

아주 가끔 사람들에게 뭐 하는 사람이냐는 질문을 받는데 그럴 때마다 고민에 빠진다. 그냥 작가라고 하면 제일 속 편하겠지만 그럼 뒤이어 사람들은 뭘 쓰느냐, 뭘 썼느냐 하고 꼬치꼬치 묻는다. 그들이 입 밖으로 소리 내어 말하지는 않지만 자기가 모르는 책을 쓴 들어본 적 없는 작가는 그냥 '듣보잡' 정도로 생각한다는 것을 너무나 잘 알고 있다. 나 역시 내가 잘 모르는 분야의 사람, 이를테면 영화감독을 만났을 때 본 적도 들은 적도 없는 작품을 만들었다고 하면 적당한 한량 정도로 생각할 수도 있을 테니 말이다.

영화 〈여배우들〉을 보면 이런 장면이 나온다. 최지우가 고현정과 싸우면서, 자기 눈에 보이지 않았으면 일하지 않은 거라고 하는 장면. 그 말에 열을 받을 대로 받은 고현정이 최지우의 이마를 손가락으로 밀어대며 말한다. "내가 꼭 니 눈에 보이게 일해야 하는 거니?" 이 정도로 격하지는 않지만 가끔은 비슷한 기분이 들 때가 있다. 누군가의 눈에

띄고 모두가 알게 하지 않으면 일하지 않는 거냐고, 세상에
는 보이게 일을 하는 사람도 있지만 그렇지 않게 일하는 사
람도 많다고 소리치고 싶어진다.

예를 들어, 우리 엄마께서 그토록 좋아하는 월급 나오는
직장에 다니는 내 담당 편집자도 어떻게 보면 보이지 않게
일하는 사람에 가깝다. 뒤에서 작가 못지않게 애를 쓰지만
그 노고를 알아주는 사람은 고작 동료 편집자 정도다. 내가
한 사람의 순수한 독자였을 때 그러했듯 아무도 책 맨 뒤에
적힌 편집자의 이름을 눈여겨보지 않는다.

원고를 기획하는 일부터 마감일을 지키는 법이 없는 작
가에게 끊임없이 독촉하는 일까지, 그렇게 해서 어렵사리
받은 원고의 방향 수정은 물론이고 오탈자 교정까지 모두
편집자의 몫이다. 그렇지만 말했다시피 사람들은 책 하면
작가만 기억하지, 그 뒤에서 묵묵히 일하는 사람들까지 알
려고 하지는 않는다. 이처럼 단지 월급을 받고 소속이 있다
고 해서 모두가 아는 일을 할 수 있는 건 아니다. 그건 자신
의 선택이거나 혹은 운명이거나 둘 중 하나겠지만.

다행스럽게도 나는 내 이름으로 된 책이 나오면 모친에

게 적어도 "책 나왔습니다"라는 말 정도는 할 수 있다. 혹시 다음 책이 나온다면, 생전 하지 않았지만 이번에는 작가 증정본 한 권을 챙겨드려야겠다. 그래야 지난 일 년 동안 내가 도대체 뭘 하고 지냈는지, 그리고 왜 월급이 따박따박 나오는 직장에 취직하지 않았…, 아니 못 했는지 아실 테니 말이다.

밸런타인데이를
신나게 보내는 법

오늘은 밸런타인데이다. 밸런타인데이의 기원은 3세기 무렵 대제국 로마 황제 클라우디스 2세의 손에 순교한 사제의…. 됐고, 다들 아시다시피 이날은 사랑하는 연인끼리 초콜릿을 주고받는 날이다. 밸런타인데이 할인을 하기에 초콜릿 한 박스를 덜컥 주문했다. 마침 집에는 예쁜 카드들도 넘쳐났다. 모든 준비는 완벽했다. 그런데… 아뿔싸! 줄 사람이 없다. 꼭 연인이 아니어도 직장에서 동료들끼리 주고받기도 하는데, 나는 직장인도 아닐뿐더러 그렇게 막 뿌리고 싶지도 않다. 결국 밸런타인데이 초콜릿은 와인과 함께 전부 내 배 속으로 들어갔다.

혹시 일 년에 무슨 '데이(day)'로 표현되는 각종 기념일이 얼마나 되는지 알고 있는가? 1월부터 12월까지 일 년 동안 기념일을 다 따지면 무려 47일이나 된다(국내외를 다 따질 경우다). 그중에서도 혼자 보내기가 좀 껄끄러운 기념일은 총 14일. 생각하기에 따라 일 년에 14일 정도만 그럭저럭 버티면 된다고 하겠지만, 날짜 수로만 따지면 평균 한 달에 한 번 정도는 어떻게든 혼자 있는 것이 어색하거나 혼자 있기 싫어지는 날이 생기는 셈이다. 거기다 특히나 연말연시라고 마음이 들뜨는데 기념일이 마구 몰려 있는 12월은 혼자 있는 사람들에게 치명적이다. 11월까지는 이만저만 버티던 사람도 12월에는 무너지고 만다.

긴급 소개팅을 해보지만, 번갯불에 콩 볶듯 해서 갑자기 옆구리 따뜻한 12월을 보낼 수 있을 리 만무하다. 그렇다면 우리는 마의 12월을 포함한 일 년 365일 곳곳에 포진해 있는 이놈의 기념일들을 어떻게 보내야 할까? 남들이야 신나건 말건 나는 소파에 널브러져 TV 채널이나 돌려야 할까? 아니면 그저 눈, 코, 입만 붙어 있으면 오케이라는 마음으로 일단 아무라도 만나서 그날을 얼렁뚱땅 넘겨야 할까?

아니다. 둘 다 해봤는데 별로였다. 내가 아무리 무시하려고 해도 그런 날 TV는 주로 혼자 있지 않은 사람들의 에피소드로 넘쳐나거나, 아니면 혼자 있는 사람을 찾아가 위로하는 프로그램을 쏟아낸다. 보고 있자면 아무렇지 않았던 사람도 아무렇지 않을 수 없게 된다.

그렇다고 두 번째 방법을 택하자니 그건 더 위험하다. 마치 겨울이면 손난로를 찾는 것처럼 큰 의미 없이 만났는데 상대가 '중요한 날을 같이 보내려고 할 만큼 나를 특별하게 생각하는군' 하고 쓸데없는 오해라도 하면 진짜 곤란하다.

이런 각종 '데이'는 혼자 보내기도 그렇고, 그렇다고 이런 날을 위해 급하게 인연을 만드는 것도 영 별로다. 해서 나는 같은 처지의 지인들을 소집한다. 처음에는 어색하고 좀 망설여졌다. 평소라면 괜찮지만 이런 날까지 혼자라면 너무 처량해 보이지 않을까, 혹시라도 날 불쌍히 보면 어쩌나 싶고, 무엇보다 상대가 거절이라도 하면 그게 더 비참하지 않을까 하는 걱정이 앞섰다. 그런데 막상 말을 꺼내고 보니 생각보다 꽤 많은 사람이 이런 날에 별 계획이 없었다.

지금 이 순간에 행복한 연애를 하는 정말 복 받은 사람도 있겠지만 그렇지 않은 사람도 많다. 연인은 없더라도 언제나 내 편이 되어주는 따뜻한 가족이 있을 수도 있다. 하지만 이 또한 없을 수도 있다. 물리적으로 없을 수도 있고, 있어도 없는 거나 마찬가지일 수도 얼마든지 있다. 누구나 연인도 있고 가족과도 잘 지내서 세상이 그들과 함께 보내라고 정해준 날을 함께 보낼 수 있다면 더할 나위 없이 좋을 것이다. 하지만 밸런타인데이가 되어도 초콜릿 줄 사람이 없을 수도 있고 추석이나 설 같은 명절에도 북적임 없이 혼자 지내야 할 수도 있다.

혼자 지내는 사연이야 각양각색이겠지만 그게 부끄러운 일도 아니고 혹은 애써 쿨한 척, 괜찮은 척할 일도 아니다. 외롭다는 것은 누가 옆에 있든 없든 느낄 수 있는 감정이다. 나는 외로움이야말로 인간을 가장 인간답게 하는 감정 중 하나라고 생각한다. 그런데 우린 이 외로움을 지나치게 부끄러워하는 경향이 있다. 외로움을 인정한다고 해서 약한 것도 혹은 무언가에서 진 것도 아니다. 외로운 건 그냥 나와 마음이 꼭 맞는 누군가가 없을 때 느낄 수 있는 감정이다. 오히려 살면서 단 한 번도 외로움을 제대로 느껴본 적 없다고 말하는 사람이야말로 감정이 메마르거나 인간적이지 않아 보인다.

나는 외롭다는 사실을 숨기거나 창피해하지 않는다. 명절이나 기념일에 혼자 보내고 싶으면 혼자서도 보내지만, 그렇지 않으면 주변 지인 중 약속이 없는 사람들을 불러서 같이 보낸다.

살다 보면 이럴 수도 있고 저럴 수도 있으며 이런 사람이 있으면 저런 사람도 있다. 그렇다면 또 거기에 맞춰서 불행하지도 서글프지도 않은 삶의 방법을 터득해나가면 되는 거다. 처음에는 밸런타인데이 같은 날 싱글인 친구들을 불러서 같이 지내면 오히려 처량함을 증폭시키는 일이 아닌가 싶었다. 하지만 일단 한 번 해보니 절대 그렇지 않았다. 그래서 사람들을 불러서 같이 초콜릿을 나눠 먹든 라면을 끓여 먹든 어쨌든 함께 부대끼며 보낸다. 기념일에 혼자 보내는 것과 아는 사람들과 보내는 것, 둘 다 해본 결과 나는 후자가 좀 더 나았다. 그러면 그렇게 사는 거지 뭐.

어느덧 나이가 좀 들다 보니 내가 남에게 어떻게 보일까를 신경 쓰기보다는 그럴 시간에 조금이라도 더 나에게 집중해서 내가 행복한 방향으로 살고 싶다. 설사 그 방법이 폼생폼사에게는 좀 모양새가 빠지는 방법이라고 하더라도 무슨 상관인가. 인생은 한 번뿐이다. 한 번 더 사는 건 고사하고 이미 지나왔던 시간도 되돌리지 못한다. 이 시간 역시 언젠가는 되돌릴 수 없는 과거가 된다. 지금 내가 사는 이 순간은 좋건 싫건 어쨌거나 다 지나간다. 그러니 시간이 지나간다는 사실 자체에 골몰하거나, 그냥 빨리 좀 지나가버리기만 바라지는 않았으면 좋겠다. 순간순간이 어떤 방법을 써도 다시 살 수 없는 그런 시간이다.

먼 미래도 과거도 중요하겠지만 그보다 더 중요한 것은 내가 지금 살아서 숨 쉬고 있는 이 순간이다. 이 순간 행복하다면 나는 행복한 과거를 가질 수도 있고 행복한 미래도 가질 수 있다. 어지간하면 인생에 불행한 순간이 적었으면 한다. 그래서 요즘은 이런저런 복잡한 생각을 하지 않는다. 그저 오늘 하루가 행복하기를 바라며, 살아 있으니 별수 없이 사는 게 아니라 살아 있고자 하는 마음이 명확하게 들 만큼 최선을 다해 살아볼 생각이다.

오늘 친구들과 밸런타인데이를 보내면서 뭔가 크게 깨닫거나 느낀 바는 없다. 다만 한 가지, 세상에는 대용품이 존재한다는 것을 알게 됐다. 이걸 나쁘게 볼 수도 있지만, 난 오리지널이 없으면 이미테이션이라도 있거나, 아니면 그걸 대신할 만한 그 무언가라도 있는 게 훨씬 낫다고 생각한다. 앞으로 남은 화이트데이를 비롯해서 수많은 데이에도 나는 혼자서 혹은 누군가와 함께 어떻게든 알콩달콩 즐길 방법을 찾아낼 것이다.

삶은 어차피 혼자라고도 하고, 세상은 누군가와 함께 살아야 한다고도 한다. 둘 중 정답은 없다. 전자일 수도 후자일 수도 있다. 다만 어떤 선택이든 내가 했으면 그걸로 끝이다. 그 선택이 최선이 되도록 살면 된다.

또다시 봄, 봄!

 써야 할 원고 두 개가 밀려 있고, 오늘까지 뭔가를 마감해서 넘겨야 하는 상황이다. 해서 일어나자마자 세수하고 노트북 앞에 앉았다. 무슨 수를 써서라도 원고 두 개를 국수 뽑듯이 뽑아내고 닥친 마감을 끝내리라 했다.

 웬걸. 앉자마자 빨래통에 그득 쌓인 빨래가 제발 좀 빨아달라고 아우성치는 게 보인다. 일단 세탁기부터 돌리고 원고를 쓰려고 했다. 그런데 이번에는 베란다가 자꾸 눈에 거슬린다. 얼마 전 식탁 의자를 새로 바꿨는데, 헌 의자를 베란다에 뒀더니 그것 때문에라도 그 공간은 이미 쓰레기통 같았다. 의자 두 개를 낑낑거리며 들고 내려가 '내다버림'

딱지를 사서 붙인 다음 재활용품 수거 장소에 갖다 놓았다.
자, 이제 의자도 사라졌겠다 빨래가 돌아가는 동안 얼른 쓰
면 원고 한 개는 끝낼 수 있겠다 싶었다. 그런데 의자 두 개
가 사라져도 베란다는 여전히 거지꼴이었다. 온갖 잡동사
니와 방에 들일 수 없는 무언가가 가득 차 있었다. 봐도 못
본 척 외면하고 원고를 써야 했지만, 정신을 차리고 보니
이미 팔을 걷어붙이고 있었다. 물을 뿌리고 바닥을 빗자루
로 박박 쓸었다. 다 끝내고 시계를 보니 아뿔싸, 벌써 점심
시간이다.

대청소까지는 아니지만 나름 물청소를 하면서 베란다에
현관문까지 열어두었는데 '어 안 춥네?' 싶었다. 그렇다. 봄
이 '성큼'이라고 할 만큼 다가왔다. 불과 한 달 전만 해도
추워서 어그 부츠에 전신 패딩(엄청나게 긴 패딩이 하나 있다.
거의 발목까지 온다)을 입고 다녔는데, 이제는 문을 열어놔도
괜찮을 정도로 추위가 가셨다. 곧 난방을 꺼도 될 듯하다.
텅 빈 아파트 화단에서는 연두색 새싹들이 올라오겠지.

생명의 원천, 생명의 움직임을 가장 극명하게 느낄 수 있
는 봄이다. 아마 누구나 다 봄을 좋아하겠지만 난 사계절

중에서도 특히 이 계절을 유달리 좋아한다. 겨우내 쪼그라들어 있다가 봄이 되면 마치 내가 한 떨기 새싹이라도 된 듯 활짝 피어나는 기분이다. 늘 하는 말이지만 난 나무에 싹이 돋으면 그걸 뜯어서 밥을 비벼 먹고픈 강한 충동을 느낀다(봄나물도 아니고 나무에 난 싹이라 시도해본 적은 없다). 시뻘건 고추장으로 비벼서 밥인지 나물인지 모를 비빔밥 말고 간장 넣고 살살 비비는 비빔밥 말이다. 그리고 마침내 벚꽃 같은 것들이 만개해버리면 난 그야말로 '아~!' 하고 살짝 맛이 간 여자가 된다. 머리에 꽃을 꽂고 산으로 들로 뛰어다니지만 않을 뿐. 한번 앉으면 잘 움직이지 않던 겨울의 나는 온데간데없이 자꾸 엉덩이가 들썩인다. 원고 마감이든 뭐든 간에 일단 밖으로 싸돌아다닐 수밖에.

봄이 되면, 어쩐지 간지러운 누군가가 생길 것만 같은 느낌이 올라온다. 생전 하지 않던 말을 하고 한 번도 지어보지 않은 표정을 지을 듯한 그 사람과 봄나들이를 하고 흐드러지게 핀 꽃들보다 더 환하게 웃고 떠들고 싶어진다. 내 인생의 화양연화가 바로 지금인 것처럼. 내 인생의 봄날은 바로 여기 이 순간이라고 말하게 해줄 만한 누군가가 생길 것 같은 기분이 봄이 되면 어김없이 찾아온다. 그런 누군가가 생기냐 안 생기냐는 사실 중요하지 않다. 어쩐지 이 봄에 생길 것만 같은 그 기분, 막 이가 나는 잇몸처럼 살짝 근질거리고 어디선가 꿈틀거리는 것 같은 그 느낌이면 충분하다. 비록 봄처럼 그렇게 오래 머무르지 않아도 잿빛의 긴 겨울 끝에 찾아온 그 따듯함과 푸르름이면 어쩐지 모든 게 괜찮고 모든 게 충분할 것만 같다. 이대로 쭉 봄날의 설렘이 이어져도 좋을 것 같다.

불혹으로 살기에 세상은
너무 유혹적이다

마흔을 흔히 '불혹'이라고 한다. 아닐 불(不)자에 미혹할
혹(惑). 혹부리 영감의 혹이 아니라 유혹할 때의 혹이다. 풀
이하자면 '유혹이 없다' 혹은 '유혹에 흔들리지 않는다'일
거다. 사전적 의미가 궁금해서 마흔을 불혹이라고 부르는
이유를 검색해보니 다음과 같이 나왔다.

세상일에 정신을 빼앗겨 갈팡질팡하거나 판단을 흐리는 일
이 없게 되었음을 뜻한다. 공자가 40세에 이르러 직접 체험
한 것으로, 《논어》〈위정편(爲政篇)〉에 언급된 내용이다.
《논어》〈위정편〉에서 공자는 일생을 회고하며 자신의 학문

수양의 발전 과정에 대해 '나는 15세가 되어 학문에 뜻을 두었고, 30세에 학문의 기초를 확립했다. 40세가 되어서는 미혹하지 않았고 50세에는 하늘의 명을 알았다. 60세에는 남의 말을 순순히 받아들였고 70세에 이르러서는 마음 내키는 대로 해도 법도를 넘어서지 않았다'라는 말을 남겼다.

– 《두산백과》 참조

그런데 우리가 불혹이 되기에는 한 가지 문제가 있다. 백과사전에 따르면 불혹이란 공자가 직접 체험한 것이라는데, 일단 공자는 열다섯 살에 학문에 뜻을 두었고 서른 살에 학문의 기초를 확립했다고 한다. 그런데 우리는? 일단 나는 열다섯에 사춘기를 겪느라 학업이고 뭐고 정신이 없었으며, 서른에는 학문의 기초를 확립하기는커녕 한 가지 학문도 제대로 끝낸 것이 없었고 아무 짓도 안 했는데 벌써 '달걀 한 판'이라는 사실에 식겁했었다. 그런 내가 마흔이 되었다고 갑자기 공자와 비슷한 길을 걸을 리는 만무하지 않을까? 그래서 현재의 나는 세상일에 정신을 뺏기며 여전히 갈팡질팡하고 판단도 매우 흐릿하다.

한 가지 변명을 하자면 지금의 마흔은 예전의 마흔, 더구나 공자 시대의 마흔과 아주 다르다. 그때의 평균 수명과 지금을 비교하면 이십 년 이상 더 늘어나지 않았을까. 평균 수명만 늘어난 것이 아니라 실제로 인간사 또한 매우 다를 수밖에 없다. 그때는 여자들의 경우 열두 살이면 시집을 가서 출가외인 소리를 들으며 어른의 길에 접어들었다. 아무리 늦된다고 하더라도 스무 살이 될 때까지 지금처럼 부모에게 보호받으며 살지도 않았다. 해서 지금의 스물은 그때의 스물보다 어리고, 마흔도 그때의 마흔보다 지금이 훨씬 더 정신적으로 미숙하거나 어린 상태라고 볼 수 있다. 그러니 공자가 말했던 그때의 마흔은 아마도 지금으로 치자면 적어도 쉰이나 많으면 예순은 되어야 비슷하지 않을까.

사실 오십 대를 향해 달려가는 상황을 상상해봐도, 쉰 살이 되었다고 그런 도통한 사람 같은 자세로 세상을 살 자신은 없다. 더구나 지금 내 나이에 세상의 유혹에 혹하지 않는다는 것은 불가능에 가깝다. 나뿐 아니라 내 주변의 어떤 사십 대에게 물어봐도 세상일에 흔들리지 않고 자신의 판단에 확신을 가진 사람은 아무도 없다. 예전보다 조금 떨어진 체력, 약간은 줄어든 욕심과 조금은 덜 흔들리는 마음을 갖고 있지만 욕심이나 욕망 혹은 유혹이 완전히 사라진 것은 아니다. 이 나이가 되어서 뭔가 분명하고 또렷해지는 것은 단 하나, 어제의 나보다 오늘의 내가 확실히 더 늙어 있다는 사실뿐이다.

비단 인간의 평균수명이 증가했을 뿐 아니라, 공자 왈 맹자 왈 하던 시대에 비하면 지금은 모든 것이 완전히 딴 세상 혹은 신세계라고 표현해도 좋을 만큼 달라졌다. 그때는 상상도 하지 못했던 것들이 세상에 존재하며, 꿈만 꿨던 것들이 실제로 이루어지기도 했다. 공자가 살던 시대에 인간을 유혹하는 것이 열 가지였다면 지금은 백 가지 혹은 천 가지로 늘어났다. 정말이지 우리는 불혹이 되기에는 너무도 유혹이 넘치는 세상을 살고 있다. 물론 이 모든 것은 먹고사는 문제에서 어느 정도 해방되었을 때나 가능하다고 말할지도 모르겠다.

하지만 먹고사는 문제만 해도 과거와는 아주 상황이 달라졌다. 예전에는 아무도 취미로 요리하지 않았으며 전문가답게 음식을 만드는 것도 궁중에서나 가능했지만, 지금은 아니다. 일반인들이 얼마든지 요리를 취미로 삼을 수 있으며 또 직업 요리사가 되는 길도 다양하게 열려 있다. 교육의 기회가 양반과 같이 신분이 높은 사람에게만 제공되었던 것과 달리 지금은 인터넷의 눈부신 보급으로 굳이 학교 등 교육기관에서 전공을 하지 않는다고 하더라도 원하는 지식을 얼마든지 얻을 수 있다.

이런 마당에 자기가 아는 것이 진리요 빛이라 생각하고 산다는 것은 어떻게 보면 오만에 가깝다. 마음뿐만 아니라, 생각 또한 매우 유동적으로 변했다. 한 번 진리라고 알려진 것이 어지간하면 변하지 않았던 예전과는 다르다(지구가 둥글단 사실이 증명되고 받아들여지기까지 얼마나 오래 걸렸는가!). 우리가 사는 21세기는 어제는 맞았던 것이 오늘은 틀리기도 하고 반대로 어제의 오답이 오늘의 정답이 될 수도 있는 세상이다.

마흔이 되고 난 다음 오히려 나는 인생의 새로운 재미에 눈을 떴다. 젊어서는 아무 생각 없이 하던 것들에 대해 지금은 한 번 더 생각하는 재미를 알게 되었다. 이를테면 청소와 가계부 쓰기가 그러하다. 젊을 때는 '집이 더러우면 안 된다', '돈을 허투루 쓰면 안 된다' 하는 잔소리 때문에 청소를 하고 가계부를 썼다. 하지만 지금은 공간을 깨끗이 한다는 일차원적인 의미에서 벗어나 집을 아름답고 편리하게 꾸미는 것의 즐거움을 안다. 가계부를 적되 돈을 얼마나 쓰는지 알기 위해서가 아니라 '나'라는 인간이 어디에 가장 많은 지출을 하고 어떤 부분에 얼마를 투자하는지(그렇다고 자산관리 차원은 아니다) 스스로 파악하기 위해 쓴다.

여전히 세상에는 내가 모르는 것들이 많고 알아야 할 것들은 더 많다. 당장 조그마한 핸드폰으로 포털 사이트에만 들어가 봐도 수많은 뉴스와 새로운 정보가 초 단위로 업데이트된다.

나는 나이가 많다는 이유로 뭔가 새로운 도전도 하지 않고 새로운 것을 받아들이기도 거부하며 늙어가고 싶지는 않다. 세상을 이끌어가는 사람이 되지는 못해도, 남들이 세상을 어디로 끌고 가는지조차 모른 채 살고 싶지는 않다.

스무 살 때는 서른이 되면 어느 정도 완성된 '나'가 되어 있을 줄 알았다. 하지만 실제 서른이 되었을 때 전혀 그렇지 않았던 것처럼 마흔의 나 역시 그렇다. 서른의 내가 상상한 마흔의 나는 이제 알 만큼 알아서 더는 알아야 할 것도 알고픈 것도 별로 없고, 가진 것이 많아 (그게 뭐든) 새로이 뭔가가 필요하지도 않을 줄 알았다. 하지만 실제 마흔의 나는 십여 년 전의 내 상상과는 무척 다르다. 안다는 기준은 다 다르겠지만 적어도 내가 만족할 만큼 알지도 못할뿐더러 필요한 것들은 날마다 숨 가쁘게 갱신된다. 이 세상에는 반짝이고 아름다운 것들이 무형이든 유형이든 끊임없이 만들어지고 나는 아직도 늘 그런 것들에 매료되며 항상 목마르다.

아직 더 알고 싶고 더 갖고 싶고 뭐가 되었든 더 하고 싶다. 나는 여전히 자라고 있다고 우기기에는 다소 무리가 있더라도, 내 앞에 늙음만이 남았다고 느껴지지도 않는다.

인간은 아마 죽을 때까지 성장과 퇴보, 이 두 가지를 같이 가져가는 게 아닌가 싶다. 만약 지금 나에게 남은 것이 오직 퇴보뿐이라면, 그저 젊은 날의 영광이나 떠올리며 쓸쓸해하기만 한다면 그보다 더 슬픈 일은 없을 것 같다.

불혹이라고? 나는 되도록 내가 살아 있는 한 그런 것 따위는 오지 않았으면 좋겠다. 어떤 것에도 그 무엇에도 흔들림 없는 편안함이란 침대 광고에나 쓸 법할 말일뿐, 내가 그렇게 흔들림도 미동도 없는 사람이 되고 싶지는 않다. 아직은 이것에도 흔들리고 저것에도 마음을 빼앗기고 싶다. 그리고 그런 내가 나쁘지 않다. 좀 덜 어른스럽고 덜 성숙하면 어떤가. 그 어른스러움과 성숙을 위해 혹하는 즐거움을 포기해야 한다면, 오히려 어른스러움과 성숙을 기꺼이 포기하겠다.

어쩌면 나와 당신이 살아가는 이 세상이 아무것도 확실하지 않으며 그 어떤 것도 선명하지 않아서 다행인지도 모른다. 모든 게 분명하게 정해져 있다면 얼마나 재미없겠는가. 어떤 괴로운 선택을 해야 한다 하더라도 나에게 선택할 여지가 있다면, 그 선택에 따라 기뻐도 하고 슬퍼도 하면서 살고 싶다. 눈 감는 그날, 이 세상 정말 잘 놀다가 간다는 느낌이 들면 그걸로 됐다.

나에게 주어진 시간이 언제까지인지 모르지만 남은 시간을 그저 늙음을 향해 하루하루 걸어가지는 않겠다. 아마도 나뿐만 아니라 내 주변의 마흔들이 생각하는 가장 큰 다짐이 아닐까. 하나 더 바란다면 앞으로도 내게 재미있고 유

혹적인 것들이 잔뜩 남아 있으면 좋겠다. 사는 내내 심심하
지 않도록.

2장

그때와 지금,
그 사이에서 반짝이는 것들

고등학교 2학년 무렵이었다. 출산 휴가를 떠난 미술 선생님을 대신해서 임시로 새로운 남자 선생님이 부임했다. 출중한 외모의 그 선생님은 조그만 교실에 갇힌 우리에게 그야말로 가뭄의 단비 같은 존재였다. 어떤 여학생들은 선생님의 책상에 꽃이나 선물을 가져다 놓는 클래식한 방법을 쓰기도 했고, 또 다른 여학생들은 우리의 어린 나이와 선생님의 나이를 비교해가며 마치 나이 차이만이 유일한 장애물인 양 말하기도 했다.

선생님이 인기를 끈 이유가 단지 잘 생겨서만은 아니었다. 물론 그것도 무시하지 못할 요소였지만 그보다는 입시와 동떨어진 과목을 가르친 것이 한몫했다. 빡빡한 다른 과목들과 달리 미술 시간은 우리에게 일종의 휴식과도 같았다. 그림을 잘 그리든 못 그리든 상관없었다. 선생님은 우리에게 미술을 많이 접하고 그림을 보는 안목을 높이는 일이 중요하다고 했다. 그러거나 말거나 나에겐 그저 한 시간 동안 선생님과 함께할 수 있다는 사실이 중요했지만.

사실 나는 처음에는 미술 선생님에게 큰 관심이 없었더랬다. 그러다 나도 모르게 미술 시간이 점점 기다려졌다. 또래의 여학생들이 꺅꺅거리는 일에 부러 거리를 두는 것으로 나의 특별함을 증명하고자 했던 당시에는 꽤 인정하기 어려운 일이었다.

누군가를 좋아하면 당연히 그 사람에게 잘 보이고 싶어진다. 하지만 선생님의 책상 위에 놓는 꽃이나 선물로 마음을 표현하고 싶지는 않았다. 이미 그렇게 하는 무리가 득시글거리는 마당에 나 하나 보탠다고 해서 티가 날 일도 아니었다. 미술을 좀 잘해서 칭찬이라도 받으면 좋겠지만 불행하게도 미술에 전혀 소질이 없었다. 아무리 생각해봐도 나는 그저 선생님이 가르치는 수많은 여학생 중 한 명일 뿐이었다. 더구나 교복이 아닌 사복을 입은 채 길에서 만난다면 선생님이 나를 알아보지도 못할 정도로 내 존재감은 미약하기 그지없었다.

그럼에도 나는 어떻게든 선생님의 눈에 들고 싶었다. 나를 예뻐하지는 않더라도 적어도 나라는 아이의 존재 정도는 알아봐 주기를 바랐다. 어떻게 하면 선생님에게 내 존재만이라도 알릴 수 있을지 한참을 고민하던 끝에 한 가지 결론을 내렸다. 선물 공세나 미술 실력이 아닌 다른 것으로 눈에 띄는 방법은 바로 예쁜 여학생이 되는 일이었다. 나는 노력 끝에 마침내 그렇게 되었고, 선생님으로부터 "이 반에서는 박 모 학생이 제일 예쁜 것 같아"라는 말을 듣는 정말 기적 같은 일이 일어났다.

이쯤 되면 '원래 예뻤나 보네'라고 생각할 수도 있겠지만 천만의 말씀이다. 어디 가서 못생겼다는 말을 들을 정도는 아니었지만 그렇다고 결코 '예쁜 아이'의 카테고리에 들어갈 만한 인물도 아니었다. 입을 다물고 있으면 존재감이 없을 정도로 매우 희미한 외모를 가진 평범한 아이였다. 그렇다면 이 평범한 외모로 나는 어떻게 선생님에게 예쁜 여학생이 되었을까?

답은 간단했다. 예쁜 여자가 아닌 예쁜 여학생이 되어야겠다고 생각한 것이다. 그래서 그 또래가 흔히 예뻐 보이기 위해 하는 행동을 정반대로 했다. 화장을 전혀 하지 않았으며 교복도 줄여 입지 않았다. 두발 자율화가 시행되고 있어서 머리 모양을 마음대로 할 수 있었지만 염색이나 펌도 하지 않고 단정하게 머리를 묶고 다녔다.

사실 내가 아무리 화장을 예쁘게 한다고 해도, 또 교복을 몸에 딱 맞게 줄여 몸매를 드러낸다고 해도 스무 살이 넘어 마음대로 화장하고 옷을 입을 수 있는 여자와는 게임이 안 될 게 뻔했다. 내 나이에 맞지 않는 성숙함이나 아름다움을 따라잡으려고 애쓰면 애쓸수록 외려 어색하기만 할 뿐이라는 사실을 나는 잘 알고 있었다. 성숙하지 않은 여자아이가 성숙한 여자를 흉내 내봐야 그건 어디까지나 흉내를 내는 것이지 진짜로 그렇게 될 수는 없다.

나는 다소 촌스럽다고 느껴질 정도로, 만약 교장 선생님이 올바른 차림새를 한 여학생을 한 명 뽑으라면 주저 없이 나를 뽑을 수 있을 정도로, 하지 말라는 것은 모두 하지 않았다. 내가 노리는 것은 예쁜 여자가 아닌 예쁜 여학생이었으므로. 성숙한 여자들은 하려고 해도 할 수 없는 내 나이에 딱 알맞은 모습이 되는 것이야말로 최고의 선택이라고 믿었다.

나의 믿음은 적중했다. 미술 선생님이 아무리 나이가 젊다고 하더라도 그는 이미 성인 남자였다. 그런 남자에게 이제 겨우 고등학교 2학년짜리 여학생이 매력적인 여자로 보일 리는 만무하다. 어차피 여자로 승산이 없다면 남은 것은 그나마 여학생 중에서는 괜찮은 여학생으로 보이자는 것이 나의 전략이었다.

반 아이들이 말도 안 된다고 야유하건 말건 선생님은 나를 예쁜 여학생으로 기억했다. 심지어 다른 반 아이들이 소문을 듣고 찾아왔다가 평범하기 그지없는 나를 보고 도저히 믿을 수 없다는 얼굴로 돌아가기도 했다. 하지만 그들은 몰랐을 것이다. 내가 얼굴도 몸매도 아닌 그저 나이에 맞는 예쁨으로 승부를 걸었다는 사실을 말이다.

이십 대 초반에도 나는 섣불리 아름다운 여자가 되겠다

는 욕심을 부리지 않았다. 말간 얼굴과 청바지에 티셔츠만
으로도 예쁠 수 있는 나이는 딱 그때뿐이라는 것을 잘 알
고 있었다. 색조 화장을 아무리 진하게 하고 연예인이 입는
옷을 따라 입어도 그녀들처럼 될 수 없다면, 차라리 재빨리
차선책을 찾는 게 더 나은 선택이었다.

어쩌면 예쁘다는 것은 그런 것인지도 모르겠다. 그때에
알맞을 것. 모자라지도 더 앞서나가지도 않는 딱 그만큼의
적정선을 지키는 것. 간혹 길을 가다 보면 내 또래 사십 대
임이 분명한데 이십 대의 최신 유행 아이템으로 꾸미고 있
는 여자들을 볼 때가 있다. 그 모습을 보면 젊게 산다 혹은
아름답다는 느낌보다는 나이와 걸맞지 않음에서 오는 괴리
감이 더 크다. 이제는 화장하지 않고 청바지와 티셔츠만으
로 예쁠 나이는 지나버렸다. 내 얼굴이 그리고 내 몸과 눈
빛이 이미 이십 대가 아닌데, 이십 대의 상징만 덧칠한다고
해서 이십 대가 될 수는 없다. 어릴 때의 우리가 어른처럼
보이려고 더 앞서나가는 오류를 저질렀다면 지금의 나이에
는 더 어려 보이려고 퇴보하는 실수를 저지르기 쉽다.

인정해야 한다. 이제 우리는 존재 자체만으로도 싱그럽

던, 그래서 때로 철이 없어도 뭘 잘 몰라도 용서가 되던 이십 대가 더는 아니다. 아무리 이십 대처럼 꾸민다고 하더라도 그 누구도 우리를 이십 대로 착각해주지 않는다. 오지 않은 세월을 살아본 척할 수 없듯이 이미 지나온 세월을 살지 않은 척할 수도 없다.

그럼 우리는 아름답거나 예쁨과는 거리가 먼 나이가 되어버린 걸까? 아니다. 난 절대 그렇게 생각하지 않는다. 지금은 지금의 아름다움이 있다. 이 나이가 되지 않고서는 도저히 가질 수 없는 분위기가 있고 좀 더 완성된 무언가가 있다.

젊고 싱그러운 것만이 아름다움의 전부는 아니다. 미(美) 중에는 성숙미도 있으며, 그건 어린 이십 대가 아무리 따라잡으려고 해도 절대 세월을 앞서 가질 수 없는 것이다. 만개한 꽃에는 아직 어린 꽃들이 따라올 수 없는 향기와 자태가 있다. 그러니 우리는 지금의 이 모습을 누리면 된다. 이것 또한 지나고 나면 다시는 올 수 없지만, 그때는 또 그때에 맞는 아름다움이 기다리고 있을 것이다.

오늘도 나는 거울 앞에서 단장한다. 내가 꾸밀 때 지키는 원칙 하나는 '지금의 나와 잘 어울릴 것'이다. 더 앞서지도 않고 뒤지지도 않고 딱 지금을 표현하려는 것이다. 출중하게 예쁜 얼굴과 몸매를 갖고 있지는 않지만 그래도 내게는 사십여 년간 여자로 살아온 세월이 있고 앞으로도 계속 여자로 살아가고 싶은 바람이 있다.

보톡스를 잔뜩 맞아서 웃는지 우는지조차 알 수 없는 늙은 여배우의 얼굴을 보면서 또 한 번 다짐한다. 나이 드는 것을 두려워하지 않기를, 그때에는 그때의 시간을 충실하게 살기를, 그래서 그 나이에 걸맞은 아름다움을 계속 지켜나가기를 말이다. 마흔인 지금도 여자이듯 나는 쉰 살에도 예순 살에도 여전히 여자로 살 것이다. 이미 지나간 세월을 부정하지도 않고, 그렇다고 다가올 세월을 미리 걱정하지도 않고 현재의 시간에서 지금의 아름다움을 누릴 것이다.

누군가를 사랑하는 마음

좋아하는 드라마 중에서 단 하나만 꼽으라면, 나는 최근 작 〈나의 아저씨〉와 좀 오래된 작품인 〈그들이 사는 세상〉 중에서 망설이다가 결국 〈나의 아저씨〉를 선택할 것 같다. 방송국 피디들과 주변 사람들의 삶과 사랑을 그린 노희경 작가의 〈그들이 사는 세상〉이 밝고 유쾌해서 좋았다면, 스물한 살 파견직과 마흔다섯 건축구조기술사가 팍팍한 세상을 살아가는 모습을 그린 박해영 작가의 〈나의 아저씨〉는 뭐랄까, 내 감정의 가장 밑바닥을 건드렸다.

〈나의 아저씨〉를 추천했을 때 주변 사람들 대부분은 그렇게 어두운 드라마는 보고 싶지 않다고 말했다. 꽤 여러

명이 그런 말을 했다. 그 말을 들으면서 생각했다. 어두운 드라마를 보면서 '아 안됐다' 혹은 '불쌍하다' 뭐 이렇게 생각할 수 있는 입장에서 오는 감정적 사치가 뭔지 모르거나 혹은 그런 감정적 사치를 누릴 만한 형편이 되질 않거나, 둘 중 하나가 아닐까 하고 말이다. 알다시피 진짜 슬프고 우울한 사람들은 우울하고 슬픈 이야기를 견뎌내지 못하거나, 아니면 자신의 우울과 슬픔보다는 약하다며 별것 아니라고 느끼기도 한다.

어두운 드라마를 볼 때 나는 그들에게 측은지심을 갖는 감정적 사치를 누리는 동시에 세상이 말하는 우울과 슬픔이란 조금쯤은 시시하다고 생각하는 편이다. 하지만 〈나의 아저씨〉를 보면서는 둘 중 어느 쪽도 아니었다. 그냥 슬펐다. 지안이라는 아이가 자꾸 눈에 밟히고 감히 그 아이의 마음이 뭔지 알 것 같았다. 그 아이처럼 살아본 적은 없지만 그 아이의 마음이 되어본 적은 있었으므로, 나는 거기서 '어머 저런 인생도 다 있네. 불쌍해라' 하고 감정적 사치를 부리거나 '나보다는 한 수 아래군' 하고 오만을 떨지도 않았다.

사채를 갚느라 식당에서 손님들이 남긴 음식으로 끼니를 때우고 회사에서 훔친 커피믹스 한 잔으로 하루를 마감하는 지안이. 그녀가 짠했던 지점은 이외에도 수도 없이 많았지만 내가 가장 마음이 갔던 부분은 아저씨를 혼자 좋아하는 그 마음이었다. 아저씨가 싫어할 일이라면, 아저씨에게 해가 될 일이라면, 차라리 내가 싫고 내게 해가 되는 것을 기꺼이 선택하는 스물한 살짜리의 마음을 보면서 나는 오래전 나도 품은 적 있는 그 마음을 기억했다.

어쩌면 지안이는 산전수전에 공중전까지 겪었지만 그래도 다 자란 어른이 아니라서 누군가를 그렇게까지 좋아하는 건지도 모른다. 만약 지안이가 서른하나였다면, 마흔하나였다면, 아마 그 드라마에 등장하는 다른 사람들처럼 딱 그 정도로만 사람을 좋아하고 딱 그 정도로만 사람을 향해 돌진했을지도 모른다. 많은 일을 겪었지만 그래도 아직은 세상을 살아낸 물리적 시간이 스물한 해뿐이라서, 그래서 돌처럼 딱딱해 보였던 지안이도 그렇게까지 말랑할 수 있었을 것이다.

나 역시 이십 대의 매우 말랑했던 시절, 하지만 내 나름

대로는 이런저런 세상사와 가정사로 인해 인생이 뭔지 알 만큼은 안다고 믿었던 그때, 마음을 다해 누군가를 사랑한 적이 있다.

그는 몹시 예민한 사람이었고 삶에 상처가 많았다. 그때의 나는 어려서 그랬는지 어딘가 어둡고 사연 많아 보이고 감수성이 예민한 사람을 좋아했다. 나의 마음을 제대로 건드린 것은 내가 어떻게 해줄 수 없는, 나를 만나기 전 그가 보낸 시간이었다. 그의 어머니는 몹시 아프셨으며 아픈 어머니 때문에 그는 더 아팠던 아이였다. 집안 상황이 힘들었지만 그 힘겨움이 겉으로 삐져나와 누군가에게 들키는 것을 죽기보다 싫어했던 그였다. 그의 가장 친한 동네 친구가 아니었다면 나는 그가 그렇게 힘든 유년기를 보냈다는 사실을 알지 못했을 것이다.

아무튼, 그와 나는 연애를 시작했고 사귀기 시작한 첫날부터 그는 내 집에서 살다시피 했다. 방송국을 다니느라 저녁 타임의 방송이 있으면 꽤 늦게 집에 들어가곤 했던 나와 달리, 그는 저녁 6시면 퇴근해서 내가 좋아하는 스파게티를 만들어놓고 나를 기다렸다. 사실 그 스파게티는 내 입맛에 맞지 않았지만 그가 나를 위해 만들어준 만큼 세상에서 가장 맛있게 느껴졌고, 실제로 한동안 먹다 보니 음식점에서 파는 스파게티는 스파게티로 여겨지지 않을 만큼 익숙해졌다.

주말이면 우리는 노부부가 운영하는 와인 가게에 들러 와인을 사고 좋아하는 음악 CD를 고른 다음 함께 맛있는 밥을 해 먹고 잠깐 강변을 산책했다. 돌아와 같이 와인을 마시며 음악을 들었다. 자존심이 세다는 것만 빼면 내게 완벽한 연인이었고, 우리는 평소 꿈꾸던 일상을 함께했다.

어느 날, 그는 소파에 누워 낮잠을 자고 그 옆에서 나는 방을 닦고 있었다. 그의 팔 하나가 툭 하고 소파 아래로 힘없이 떨어졌다. 늘 단정하게 두 손을 가슴에 모으고 자는 사람이었는데 꽤 깊이 자는 모양이다 싶었다. 그 팔을 다시 가슴께로 올려주려고 손을 잡으려는데 순간 마음이 이상했다. 그의 손이 그에 대한 모든 것을 말해주는 듯했다. 그의 삶이 얼마나 고단했는지, 그가 얼마나 마음 아픈 시간을 보냈는지 잘 알지 못했는데도, 어쩐지 내가 모르는 그의 삶과 시간을 다 알 것만 같아서 마음이 짠해졌다. 걸레를 놓고 그의 손을 가만히 잡았다. 희고 마른 그의 손은 나와 달리 참 따뜻했다. 그 따뜻함이 너무 좋아서인지 아니면 그의 삶이 고스란히 스며든 그 손이 너무 안쓰러워서인지 몰라도 순간 왈칵 눈물이 솟았다. 그의 손을 잡고 소리 없이 한참을 울었다. 그는 마치 아기처럼 쌔근쌔근 잘도 잤다.

어느 일요일 나른한 오후의 그날을 절대 잊을 수가 없다. 그에게는 단 한 번도 말한 적이 없지만 나는 그날 누군가를 제대로 좋아한다는 것이 뭔지 알 듯한 기분이었고, 그가 더 좋아졌다.

하지만 사랑이 늘 그러하듯 우리 관계는 아무 날에 아무것도 아닌 일로 끝이 나버렸다. 그를 얼마나 사랑했는지 그와 함께하는 시간이 얼마나 좋았는지는 그 아무것도 아닌 일 앞에서 우스울 정도로 정말 아무것도 아니었다. 그러나 이상하게도 그와 절대로 헤어질 수 없다는 마음이 들기보다는 어떻게든 그를 잊어야 한다는 생각뿐이었다. 그래야 내가 이십 대를, 삼십 대를, 사십 대를, 무사히 살아낼 수 있을 것 같았다. 다행스럽게도 나는 관심을 쏟을 다른 대상을 재빨리 찾았다.

얼마의 시간이 흐른 후 그와 우연히 다시 마주하게 되었다. "많이 변했네. 좋아 보인다." 변한 게 하나도 없었지만 그의 이 말에 나는 있는 힘껏 변한 척, 좋은 척을 했다. 그에게 보이는 그대로의 내가 되어주고 싶었다.

나는 삼십 대를 지나 이제 사십 대가 되었다. 〈나의 아저씨〉에 나오는 그 아저씨의 나이다. 더는 사람을 지안이처럼 좋아할 수는 없는, 그렇지만 그 마음이 뭔지는 아는 나이. 이제 나는 더는 이십 대 때처럼 사연이 많아 보이는 사람이나 어딘가 어둡고 슬퍼서 내가 채워주고 달래줘야 하는 사람에게 반하지 않는다. 그런 사람을 보면 그저 이 나이를 먹고도 아직도 우울을 장식품처럼 달고 살아 타인에게 들이키는 그 '생각 없음'을 조금 한심해할 뿐.

진지하거나 심각하지 않고서는 도저히 견딜 수 없을 것 같던 삼십 대도 지나왔다. 그때의 나는 누구를 만나는가보다 왜 만나는가가 중요했다. 그놈의 '왜'가 다 뭐라고, 거기에 부합하지 못하는 관계는 달리는 차가 잠시 정차하는 휴게소처럼 있어도 그만 없어도 그만이었다.

그렇게 차곡차곡 나이를 먹은 나는 이제 마흔이 되었고,

예전의 내가 보면 대체 무슨 생각으로 사는 걸까 싶게 가벼운 인간이 되었다. 깃털같이 웃고 먼지처럼 흩어지는 말들을 한다. 그리고 그 깃털과 먼지를 함께할 수 있는 나만큼이나 가벼운 사람이 좋다. 대체 저래서 어떻게 땅에 발을 디디고 있는지 신기할 정도로 가벼운 사람 말이다.

나의 이십 대를 함께 보낸 그가 지안이처럼 누군가를 사랑해봤다면, 슬프고 기쁘고 아프고 진지하고 심각하고 무거운 모든 것들을 다 지나왔다면, 그렇다면 이제 아주 가벼워졌기를 바란다.

지금 나는 상대의 아픈 부분을 달래주겠다는 오만도 부리지 않고, 진지하고 심각하고 무겁지 않은 건 진정한 관계가 아니라는 생각도 하지 않는다. 그저 순간과 찰나를 함께할 수 있는 사람이면 족하다. 그 순간과 찰나를 위해 내가 너무 오래 기다리는 것도 그가 일상처럼 자주 찾아오는 것도 원치 않는다. 그래서 이제 누군가를 좋아할 수는 있어도 사랑하기는 힘들겠구나, 하고 가끔 생각한다.

온 마음을 다해서 누군가에게 달려가지도 않고, 그렇다고 그가 돌아서서 가는 길에 즈려밟고 가도 좋다며 내 마음을 뿌려줄 수도 없다. 그러기에 나는 이제 너무 오래 살았고 누군가를 너무 많이 좋아했다.

지안이는 아저씨에게 닥치는 불행을 온몸으로 막아냈고 자신에게 온 불행을 아저씨의 목소리를 들으며 버텼다. 아내가 자신이 가장 싫어하는 인간과 바람이 난 터라 자기를 죽도록 좋아한다는 어린 여자를 사귈 명분은 충분했지만, 나이 든 사십 대 아저씨는 지안이와 사귀지 않았다. 어쩌면 이제 더는 누군가를 지안이처럼 사랑할 자신이 없었기 때문일지도 모른다. 지안이의 큰마음이 감사하지만, 아저씨는 부담스러웠을 것이다. 그 마음만큼 자기 마음도 커질 자신이 없다면 아저씨는 그저 좋은 아저씨, 짝사랑했던 아저씨, 길을 가다 만나면 웃으며 인사할 수 있는 아저씨로 남는 게 맞다.

아마도 아저씨가 다시 사랑한다면 지안이처럼 자신의 모든 것을 던지는 사람이 아닌, 아내처럼 자신을 배신하는 것이 죽도록 아픈 사람도 아닌, 그냥 함께 웃고 떠들고 밥 먹을 수 있는 사람을 만날지도 모르겠다. 아니, 내가 아저씨라면 그럴 것 같다. 싸우지 않아도 되고 진지한 말 같은 것은 주고받지 않아도 되고, 농담 속의 행간을 읽을 필요도 없는 그런 사람을 찾을 것 같다. 지금 내 옆에 머물고 있다면 그걸로 충분해서 먼 미래 따위는 생각하지 않아도 되는 사람. 그의 삶에 내가 들어가지 않아도 되고 내 삶에 걸어 들어오지도 않을 사람. 언젠가 나를 떠난다고 하더라도 행복이든 불행이든 그 어느 것도 내가 빌어주는 일 따위가 필요하지 않은 사람. 그런 사람을 만날 것 같다.

물론 오십이 되면 어떤 사람을 좋아할지 나도 잘 모르겠다. 다만 나는 지금 확실히 쉽고 가볍고 재미있는 게 좋다. 그렇게 쉽고 가볍고 재미있어야 서로의 마음에 아무것도 남지 않으니까. 이제 마음에 담아두고 누르거나 꺼내 보거나 기다리는 일을 하기에는 너무 지쳤다.

누군가를 진심으로 사랑하는 마음? 이젠 잘 모르겠다. 진지함이라고는 약에 쓰려고 해도 찾아볼 수 없고, 달콤한 말 같은 건 놀릴 때 빼고는 서로 주고받을 일 없다 해도, 그래도 웃을 수 있다면… . 나를 웃겨주고 나 때문에 그가 웃을 수만 있다면 그걸로 충분하다.

〈나의 아저씨〉처럼 살면서 〈그들이 사는 세상〉을 보고 웃느니 나는 〈그들이 사는 세상〉처럼 살면서 〈나의 아저씨〉를 보고 우는 쪽을 택하겠다.

그러니까 나는 지안이가 되기에는 너무 오래 살았다.

나잇값과 〈죽어도 좋아〉

　그토록 뜨겁던 월드컵 열기가 거의 식어가던 2002년 12월 말, 당시의 남자친구와 〈죽어도 좋아〉라는 영화를 본 적이 있다. 지금도 노인들의 사랑 하면 회자될 정도로 유명한 영화다. 청소년 관람불가 다큐멘터리 같은 영화 중에서는 꽤 관객이 들었고 나름 의미 있는 성과를 거둔 작품이다.

　영화는 일흔을 넘긴 두 남녀가 (내 기억에 두 분 다 배우자와 사별을 했고 노인정인가 어디에선가 만났었다) 서로에게 반해 뜨겁게 사랑을 나누는 내용이었다. 정말 사랑을 나누다 이대로 죽어도 좋다고 생각할 만큼 서로에게 깊이 푹 빠져 있는 걸 고스란히 보여주는, 말하자면 노년의 연애와 사랑에 관한 다큐멘터리였다.

남자친구는 나름 감동한 듯했다. 그냥 죽음을 앞둔 노인으로만 생각했던 사람들이 우리와 마찬가지로, 아니 우리보다 더 뜨겁게 살아 움직이며 사랑하는 데 대해 일종의 경외감마저 느껴진다고 했다. 하지만 나는 전혀 감동을 받지 않았고, 더구나 경외심은 더더욱 생기지 않았다. 솔직히 그때 내가 느낀 감정은 불편함이었다. 이 단어로밖에는 내 느낌을 설명할 수 없었다. '젊은이들 못지않은' 혹은 '젊은이들보다 더'라는 그 영화에 따라붙는 수식어들이 내게는 이상하게 들렸다.

당시 내 나이는 이십 대 중반이었다. 스스로 나이를 먹을 만큼 먹었다고 확신했지만, 지금 생각해보면 어이없어 피식 웃음이 난다. 그 나이의 다른 대부분 사람들과 마찬가지로 나는 특별히 아픈 곳도 없었고 얼굴과 몸에 주름 한 점 없었다. 그런 내가 보기에 깊게 파인 주름과 얼룩덜룩한 검버섯이 있는 거칠고 노화한 피부와 피부가 만나는 일은 뭔가 거북했다. 그런 피부를 가진 이들이 숨결을 나누며 내는 거친 호흡은 정말이지 당황스러울 만큼 나를 불편하게 만들었다.

영화를 보는 내내 나는 그런 생각을 했다. 저 나이에도 저러고 싶을까? 좀 품위 있게 나이 들면 안 되나? 그리고 확신했다. 나는 절대 저렇게 늙지 않을 것이라고 말이다.

지금 내 나이는 마흔을 넘겼다. 이 나이의 여자는 스물 다섯의 여자에게 중년 혹은 아주머니 (어쩐지 아줌마보다는 좀 더 높여야 할 것 같다) 정도로 보일 것이다. 내가 최신 유행하는 패션을 걸치고 있으면 나잇값을 하지 못하는 걸로 보일 수도 있고, 음악 차트 1위에 랭크된 K-POP을 따라 부르면 채신머리없어 보일 수도 있다. 어쩌면 스무 살이 보기에 난 너무 나이가 많아 이제 할머니 단계를 바로 코앞에 둔 사람 일 것이다. 이런 사람이 누군가를 사랑하고 그 사람과 스킨 십을 하는 게 그들의 눈에 어떻게 보일까. 아마 그들도 그 때의 내가 느꼈던 것과 비슷한 감정을 느끼지 않을까 싶다.

물론 지금 이 영화를 다시 봐도 나는 여전히 불편할 것 같다. 아직 내게는 굵은 주름과 검버섯이 찾아오지 않았다. 내 걸음걸이가 느려지지도 않았을뿐더러, 호흡이 좀 가쁘

긴 해도 꽤 잘 달릴 수도 있다. 그런 내게 노인정에서 만나 달력에 동그라미를 쳐가며 사랑을 나누는 모습을 매우 적나라하게 보여주는 이 영화는 아직도 썩 달갑지만은 않다.

그러나 죽어도 저렇게는 늙지 않겠다고 확신할 수는 없게 되었다. 왜냐면 나는 젊을 때는 도무지 상상도 하기 힘들었던 나이가 되었고, 이 나이가 되면 하지 못할 거라 생각했던 많은 것들을 여전히 하고 있기 때문이다. 무엇보다 사람 일은 한 치 앞도 모르는 거니까. 지금의 나에게는 없지만 오십의 나에게, 육십의 나에게 불타는 사랑이 오지 말라는 법은 그 어디에도 없으니까.

더는 사랑이 오지 않을 것 같던 삼십 대에도 나에게 몇 번의 사랑이 찾아왔었다. 그들과의 사랑이 이루어지는지 아닌지를 떠나, 그 나이에도 내가 누군가에게 반하고 누군가를 내게 반하도록 만들 수 있다는 사실이 신기했다. 마치 마지막 젊음을 소진하지 않으면 영원히 소금인형이 되어 굳어버릴 것처럼 나는 그 사랑에 몹시 열중했다. 생각해보면 그때의 나는 그들을 사랑한 것이 아니라 누군가를 사랑할 수 있는 나 자신을 사랑한 것인지도 모르겠다. 나는 아직 건재하다고, 아직 죽지 않았다고, 그렇게 나 자신에게 끊임없이 확인시켜주는 과정이 필요했던 것이다.

어쩌면 지금의 나도 그런지 모르겠다. 블로그에 늘 좋아하는 노래를 깔지만 그 사이사이 요즘 제일 인기 있는 음악을 끼워 넣는 것, 유행의 최첨단을 걷지는 않지만 유행이 한참 지났다 싶은 옷은 그게 얼마짜리든 죄다 버려버리는 것, 긴 머리를 자르기까지 한참 동안 망설여야 했던 것. 이 모두가 어떻게 해서든 나이 따위는 숫자에 불과하다고 외치고 싶은 마음에서 비롯된 행동인지도 모른다.

나 역시 일흔이 넘어 누군가를 만나 그 사람을 여태까지 내가 사랑했던 그 누구보다 더 사랑할지도 모를 일이다. 사랑이란 마음먹는다고 되고 막는다고 막아지는 것도 아닌 교통사고와 같으니, 그 교통사고가 일흔이 넘어 일어나지 말라는 법은 없다. 여태까지의 내 사랑들이 내 계획대로 되지 않았듯, 일흔이 되어 만약 사랑이 다시 찾아온다면 그 사랑 역시 내 계획이나 짐작과는 무관할 것이다.

지금 내가 다시 〈죽어도 좋아〉를 본다면 정말 여전히 불편함만을 느낄까? 사실 불편한 와중에도 두 주인공이 이해 되어버릴까 봐 무섭다. 그걸 이해한다는 것은 내가 그 나이 에 그만큼 가까워졌다는 증거고, 그건 곧 내가 그만큼 늙었 다는 의미일 테니까.

너무 먼 미래까지는 생각하지 말기로 하자. 나는 아직 마 흔이고 일흔이 되려면 무려 삼십 년이나 더 살아야 한다.

그리고 나이가 들수록 내가 무슨 사랑을, 이 나이에 사 랑은 무슨, 하는 생각만은 안 했으면 좋겠다. 누구는 일흔 이 되어서 죽어도 좋다는 사랑을 하는데 우린 이제 겨우 마 흔이다. 마흔은 아직 젊고 창창한 나이라고 할 수는 없을지 몰라도, 여전히 우린 아름답고 괜찮은 미래를 꿈꿀 수 있 다. 그 속에 사랑 하나 더하면 그거야말로 울트라캡숑짱 아 니겠는가(믿기 어렵겠지만 내가 이십 대 때에는 울트라캡숑짱이란 말을 실제로 사람들이 썼더랬다).

나답게 산다는 것

스물의 나는 그랬다.

세상에 밉고 싫은 게 너무 많아서, 이래서 어디 세상을 제대로 살아낼 수 있을까 걱정스러울 지경이었다. 그 밉고 싫은 것은 비단 사람만이 아니었다. 오히려 밉고 싫은 사람이야 그냥 안 보면 그만이었기에 길게 고민할 필요도 없었다. 하지만 다른 것들은 그리 간단치가 않았다.

사람들이 모여 살며 만들어낸 관습, 관례, 관행부터 시작해서 제도나 사회적 약속과 암묵적 규칙 같은 것 중에서도 싫은 게 꽤 많았다. 이런 것들 말고도 소소하게는 마음에 들지 않는 디자인의 물건, 나를 향한 사람들의 시선, 아니면 무관심, 여행지의 더러운 화장실 등도 다 싫었다. 좋은 것보다는 싫은 것을 나열하는 게 훨씬 수월한 나날이었다. 그때의 나를 대표하는 키워드를 꼽으라면 아마 그건 세상을 향한 분노와 환멸쯤 될지도 모르겠다.

이십 대 초반의 내 사진을 보면 마치 록 가수처럼 반항기 가득한 얼굴이다. 별명이 여자 신해철이었으니 당시 내가 얼마나 이십 대의 상큼함이나 해사함과 거리가 멀었는지 짐작이 갈 것이다.

이십 대 중반으로 접어들면서 나름 세상에서 열심히 굴렀기에 조금 둥글둥글해질 법도 했지만, 그렇지 못했다. 당시 내가 운영하던 블로그에 열광해주는 사람들 덕분이었다. 그들은 나의 까칠함과 뾰족함을 탓하기는커녕 외려 잘한다고 부추겼고, 그 부추김에 한껏 고무된 나는 날마다 까칠함의 최고점을 갱신하듯 싫은 것과 미운 것에 대해 신랄하게 말하기를 주저하지 않았다. 그들은 나를 통해 대리만족을 느끼는 듯했다. 감히 입 밖으로 내지 못하는 말과 행동을 나는 과감히 했기 때문이다.

한창 상큼하고 발랄한 시절을 세상과 맞짱 뜨듯 살다 보니 어느덧 서른이 되었다. 그러자 갑자기 이런 생각이 들었다. 세상과 맞서며 살아봤자 무슨 소용이람, 달걀로 바위 치기인데. 설사 그 싸움에서 이긴다고 한들 그게 나와 내 인생에 무슨 의미가 있을까. 계속 날을 세우며 사는 데 지쳐버린 것이다. 그즈음 순하게 사는 지인의 평온한 일상이 눈에 들어왔고, 어쩌면 둥글게 사는 것이 이 둥근 지구에서 인간이 살아가는 가장 좋은 방법인지도 모르겠다는 생각에 이르렀다.

그때부터 나는 유순하고 착하고 선한 인간을 내 지향점으로 삼았다. 진심으로 그러한 인간이 되고자 했다. 물론 그건 하루아침에 되는 일은 아니었기에 일단은 환경부터 바꿔보기로 했다. 온통 검은색이었던 가구를 원목이나 파스텔컬러로 바꾸고 유리나 금속 소재의 소품은 치워버렸다. 이후 조금 매섭게 보이는 내 인상을 바꾸기 위해 볼에 분홍색 치크(볼에 바르는 색조 화장품)도 바르고 길고 까만 생머리에서 갈색의 웨이브 머리로 변신했다. 옷도 늘 입던 바지에서 레이스가 달린 치마나 나풀거리는 시폰 소재의 블라우스로 갈아입었다.

집 안과 내 모습이 바뀌자 행동이 조금씩 바뀌었다. 예전의 나보다 훨씬 마음이 너그러워졌으며 뭔가 마음에 안 들어도 '그래 그럴 수도 있지 뭐' 하고 넘겼다.

그다음 나는 여태까지 만났던 사람과는 아주 다른, 법 없이도 살 것처럼 순하디순하게 생긴 사람을 만나 연애를 했다. 그는 매력적이지는 않았지만 좀처럼 화를 내거나 흥분하지 않았고 감정 기복이 심한 내 기분에 전혀 동요되지도 않는, 마치 고인 물처럼 잔잔한 사람이었다. 나는 그의 옆자리에 걸맞은 연인이 되려고 노력했다. 그가 그만큼 마음에 들었다기보다 그를 통해 하루빨리 순한 인간이 되고 싶었다. 그는 어른들이 참 좋아하는 사람이었고 제도권과도 잘 융화된 사람이었다. 그리고 그것은 놀랍도록 평온한 일상을 유지해주었다. 지친 나는 그의 곁이 마치 쉴 만한 물가처럼 편안하고 안락하게 느껴졌다. 이십 대의 나는 싸움닭 같았지만 삼십 대의 나는 달라졌다. 일면 내가 바라는 바를 거의 이룬 듯 보였다. 그 적당히 '행복해 보이는' 지점에 잘 안착한 듯싶었다.

그러나 나는 가장 나답지 않은 모습으로 살기 위해 애쓴 셈이었다. 진심에서 우러나지 않은 그 모든 가식을 끌어안고 살다가 서른 후반 즈음부터 극심한 피로감을 느꼈다. 더 나아가 전혀 행복하지 않았다.

남들에게 보이는 모습에 신경 쓰느라 정작 내가 아닌 다른 모습으로 살고 있음을 깨달았다. 지나간 시간을 크게 후회하지는 않지만 더는 '척'하면서 살지는 않기로 했다.

요즘의 나는 그간 나답지 않던 모든 것을 벗고, 그간 드러내지 않고 참느라 꾹꾹 눌러왔던 '나다움'을 하나하나씩 되찾고 있다. 우울하려고 해도 당최 우울해질 수 없었던 성격의 나로, 세상에 싫은 거 미운 거 많았던 나로, 반면 좋은 것들은 까무러치게 좋았던 나로.

이제 나는 모두를 만족시키겠다는 멍청한 생각을 실천에 옮기느라 더는 애쓰지 않을 작정이다.

미워할 사람들은 무슨 짓을 해도 나를 미워할 것이고, 좋아해줄 사람들은 있는 그대로의 나를 좋아해줄 것이다. 나를 미워할 것이 뻔한 인간들에게 어여쁨을 받으려고, 아니 미움받지 않으려고 그 알량한 착한 척과 순한 척을 더는 하지 않을 생각이다.

이제 나는 온화하고 마음씨 넓은, 그리하여 고인 물처럼 평화롭기 그지없는 마흔 따위는 꿈꾸지 않는다. 예전처럼 싫은 것은 싫어하고 미운 것은 미워할 자유를 누릴 것이다.

　가수 신해철이 이십 대 때 뭘 그렇게 많이 잃어서 〈나에게 쓰는 편지〉를 쓰며 잃어버린 나를 만나고 싶다고 했는지는 모르겠지만, 마흔의 내가 딱 그 심정이다. 나에게 편지라도 써서, 잃어버린 것이 아닌 스스로 묻어두고 꾹꾹 눌러뒀던 나를 최대한 되찾고 싶다(아직 내가 완전히 사라지지 않아 그나마 나 자신에게 편지라도 쓸 수 있어 다행이다).

나는 평생 그럴 줄 알았다. 늘 마르고 살이 안 쪄서 사람들에게 "마른 장작 같네" 하는 소리를 듣고 살아야 하는 줄 알았다. 주변 사람들이 하도 말랐다고 해서 잡지사 편집장을 하는 아는 언니에게 물은 적이 있다. "연예인들은 나보다 더 마르지 않았어?" 언니는 연예인을 많이 상대해 마른 사람을 지겹게 봤을 텐데도 나같이 마른 사람은 드물다고 대답했다. 모델 출신 연예인들이 멸치처럼 마르긴 했지만, 그래도 그들은 볼륨감은 있다고 덧붙였다.

한때 내 소원은 통일이 아니라 헌혈이었다. 지병이 있거나 감염병에 걸린 것도 아닌데 나는 헌혈의 집에 가면 자동

탈락이었다. 체중계에 한 번 올라서 보지도 못했는데 줄을 서 있는 게 눈에 띄면 나가라고 했다. 평생 좋은 일이라고 는 별로 하지 않고 사니, 뽑고 나면 어차피 다시 만들어지 는 피라도 좀 나누며 좋은 일을 하려 했으나 그 꿈은 번번 이 무산되었다.

뚱뚱한 사람을 두고 말이 많지만 너무 말라도 주변 사람 들은 갖은 참견을 한다. 거식증이냐는 질문은 하도 들어서 익숙해질 지경이었고 기생충 약을 진지하게 권하는 이도 꽤 있었다. 심지어 지인 중 한 명은 내게 만약 일 년간 10킬 로그램을 찌우면 천만 원을 주겠다고 했다(십칠 년간 살이 찐 걸 본 적이 없으니 그 친구는 아마 내가 영원히 살이 찌지 않을 거라 확신했을 터다).

예전에는 나잇살이라는 말을 들었을 때 의아했다. 음식 을 더 먹는 것이 아니라 단지 나이를 먹는데 살이 찐다는 것이 말이 되냐는 생각이 들었다. 하지만 나잇살의 존재를 직접적인 경험으로 알게 되었다. 진짜 나이가 드니 나잇살 이 찌기 시작한 것이다. 39킬로그램에서 42킬로그램이 되 더니 이내 45킬로그램까지 가뿐하게 올라갔다. 곧이어 48

킬로그램을 찍어서 우와 싶었는데, 어느 날 체중계에 올라 선 나는 눈을 의심하지 않을 수 없었다. 55킬로그램! 평생 처음 도달해보는 몸무게였다. 그 친구가 말한 기한만 안 지 났으면 천만 원을 벌고도 남을 몸무게였다.

식습관이 달라진 것도 활동량이 줄어든 것도 아니었다. 평소와 다름없었지만, 살은 기이할 정도로 불어났다. 너무 걱정스러워 도중에 종합검진을 받아봤다. 몸에 별다른 이 상 징후는 없었다. 진짜 나잇살이 쪄도 참 거하게 찌는구나 싶을 뿐이었다.

살이 찌자 제일 먼저 와닿는 불편함은 옷이었다. 원래 입 던 옷들은 속옷부터 시작해서 아무것도 맞지 않았다. 심지 어 머리에도 살이 찌는지 모자까지 새로 사야 했다. 이 지 경에 이르자 불편함을 넘어 스트레스를 느끼기 시작했다.

하나부터 열까지 옷을 새로 사야 했다. 예전에는 디자인 만 마음에 들면 옷을 살 수 있었는데 이제는 맞는 사이즈가 있는지, 설사 있다 하더라도 너무 살쪄 보이지는 않을지를 걱정해야 했다. 물론 55킬로그램이란 몸무게는 어디 가서 뚱뚱하다는 얘기를 들을 정도는 아닐지도 모른다. 하지만 과거의 몸을 기억하는 나에게는 결코 괜찮은 몸무게도 아니었다. 게다가 평범하게 차곡차곡 살이 찐 것이 아니라 갑자기 16킬로그램이 불어서인지, 내 몸에 새로 자리 잡은 지방들이 중앙집중형을 이루고 있었다. 배와 옆구리, 엉덩이와 허벅지가 말도 못 하게 굵어졌다. 누군가 그때의 내 몸을 보고 "넌 거미형 체형이구나" 했을 때는 정말이지 죽고 싶었다.

161센티미터의 키에 뼈가 유난히 가늘어서 보통의 55킬로그램보다 훨씬 더 살쪄 보이기도 했다. 그런데 그것도 모자라서 신체의 중앙에 유달리 살이 집중되어 있으니 마음만 먹으면 임산부 좌석에 앉아도 아무도 뭐라고 하지 않을 것 같았다.

살이 쪄서 불편한 것은 비단 외형에 관련된 점만은 아니었다. 조금만 걸어도 숨이 찼고 계단이라도 오를라치면 마치 에베레스트라도 오르는 사람처럼 헉헉거렸다. 예전 같으면 깜박거리는 신호 앞에서 고민 없이 뛰었을 텐데, 어느새 뛰느니 차라리 시간을 더 소비하는 쪽을 택할 수밖에 없는 인간이 되어 있었다. 조금만 걸어도 무릎과 발목이 아파왔고 다른 관절 마디마디도 안 아픈 곳이 없었다. 거기다 평생 잘 앓지 않던 감기가 늘상 떨어지지 않았고 유행하는 모든 병이 내 몸을 관통하고 지나갔다. 의사의 말로는 갑자기 살이 쪄서 면역력이 약해졌기 때문이라고 했다.

예전에야 우량아 선발대회가 있었을 정도로 투실한 살집이 건강한 이미지로 받아들여졌지만, 먹을 것이 넘쳐나는 요즈음 영양과잉 상태의 현대인에게 살이 찐다는 것은 각종 성인병에 대한 노출을 의미한다. 마침내 나는 고혈압과 당뇨를 걱정할 지경에 이르렀고, 다이어트를 해서라도 살을 빼야겠다 싶었다.

내 평생 다이어트를 해본 적이 없었다. 그래서 일단 인터넷에 검색을 해보니 방법은 수두룩했다. 그중에서도 특히 연예인들의 다이어트법은 극적인 전후 사진이 함께 올라와 나를 혹하게 했다. 제일 효과가 좋은 성형은 다이어트라고 하더니 과연 그 말이 맞았다. 다소 통통했던 연예인들은 아사만 겨우 면할 정도의 음식만 먹고 열심히 땀을 흘린 결과 과거와는 완전히 다른 사람이 되어 있었다. '환골탈태'라는 말이 과언이 아닐 정도로 그들은 다들 미운 오리에서 백조가 되어 너도 어서 살을 빼라고 유혹했다.

그렇지만 그들이 했다는 다이어트법은 도저히 인간이 할 수 있는 방법이 아니었다. 한 끼에 먹어도 턱없이 모자란 음식을 하루 동안 먹으라니. 게다가 지방은 고사하고 탄수화물마저 없는 식단 위주였다. 심지어 어떤 연예인은 일주일 내내 물만 마시고 마지막 하루는 아예 그 물조차 안 마셔야 살이 쫙 빠진다며 가늘어서 부러질 것 같은 몸으로 웃으며 말했다.

건강 때문에 시작하려고 하는 다이어트인데, 저렇게 했다가는 살은 빠질지 몰라도 안 쓰러질 수가 없겠다 싶었다. 거기에다 운동까지는 도저히 무리일 것 같았다. 갑자기 변해버린 몸에 트레이닝복을 입고 사람들이 많은 피트니스센터에 가는 일에도 큰 용기가 필요했다. 몇 번을 시도하다가 그만 포기했다. 집 근처 강변을 뛰는 것도 대단한 의지가 없으면 안 되는 일이었다.

다이어트에 식단 조절과 운동을 빼면 남은 건 약이나 보조제였다. 우리나라 다이어트 시장이 무려 5조 원이라더니 정말 세상에는 별의별 다이어트약과 식품이 다 있었다. 하지만 대체로 의심스러운 것들뿐이었다. 마음껏 먹고 가만히 있어도 살이 쭉쭉 빠진다니 말이 되지 않았다. 만약 다이어트가 정말로 광고에 나오는 것처럼 손쉽다면 왜 사람들이 그렇게 살을 못 빼서 고통받겠는가.

살이 쪄서 가장 괴로운 것은 매사에 짜증이 늘어난 점이었다. 상관없는 일조차 마치 내가 살이 쪄서 일어나는 부당한 일처럼 느껴졌다. 나는 툭하면 화를 내는 인간이 되어가고 있었다. 한동안 누가 '얼굴 좋아졌다' 혹은 '살이 찌니 인상이 둥글둥글 부드러워졌다' 따위의 말만 해도 잡아먹을 듯이 덤벼들었다.

그렇게 일 년을 짜증과 스트레스 속에서 보냈다. 날마다 똑같이 먹고 똑같이 안 움직이면서 밤낮으로 체중계 위에는 부지런히 올라갔다. 그저 마법처럼 스르르 몇 킬로그램이 빠진다면 얼마나 좋겠느냐마는 그런 일은 일어나지 않았다. 다이어트는 맨날 입으로만 했다. 내일부터 다이어트해서 못 먹을 테니까 오늘은 마음껏 먹어야지. 이렇게 지키지 못할 약속과 자기합리화를 동시에 했다.

그러던 어느 날 불현듯 깨달음이 왔다. 갑자기 살을 확

빼려고만 하니 실패했던 게 아닐까. 그날부터 누워 있는 시간을 줄이고 집 근처 강변을 조금씩 걷기 시작했다. 비가 오나 눈이 오나 하루도 쉬지 않고 걸었다. 마지막으로 내가 먹는 밥에서 딱 한 숟가락씩 덜어냈다. 처음에는 몸무게가 제자리걸음이라 괜한 고생만 하는 듯싶었다. 뛰지 않고 굶지 않으면 이 살들은 빠지지 않는 건가 좌절할 때쯤 드디어 체중계 눈금에 조금씩 변화가 보였다.

살은 느리지만 꾸준하게 빠졌다. 살이 빠지니 기분도 좋아지고 관절도 더는 아프지 않았다. 거울만 보면 화가 나고 옷을 입을 때 늘 날씬했던 과거가 떠올라 우울했는데 더는 그러지 않았다. 그리고 마침내 48킬로그램이 되었다. 조금 더 빼서 내 키에 옷맵시가 가장 잘 받는다는 45킬로그램까지 줄여볼까도 생각했지만, 그건 아무래도 무리일 듯해 나는 다이어트를 멈추었다. 지금 이 몸무게를 일 년째 유지하고 있다.

누구나 자기만의 이상적인 몸무게가 있겠지만, 나는 여기서 1킬로그램도 더 줄어들기를 바라지 않을 생각이다. 나이와 몸무게보다 더 중요한 것은 내가 설사 조금 변했다고 하더라도 그런 모습 역시 내가 안고 가야 할 '나'이며 과거의 나보다 지금의 내가 더 중요하다는 사실이다. 나는 확실히 마르고 젊었던 삼십 대 때보다 지금의 내 모습이 더 좋다.

'몸은 늙어도 마음만은 청춘.'

조금 나이 있는 사람들이 좋아하는 말이다.

박범신 작가의 동명소설을 원작으로 한 영화 〈은교〉를 봤을 때 나는 서른 중반 무렵이었다. 주인공 이적요는 볼품 없이 시들어버린 몸이지만 마음은 여전히 젊은 작가다. 그는 생기 넘치는 고등학생 은교를 향한 마음을 어쩌지 못해 괴로워하고 질투한다. 나이 많은 그가 손녀뻘 되는 은교에게 연정을 품어서는 안 되는 일. 해서 그는 그 마음을 소설로 쓴다. 소설에서만큼은 나이 먹은 이적요가 아닌 까까머리의 싱그러운 청년 이적요의 몸으로 젊고 싱그러운 은교와 사랑을 나눈다. 그러니까 이적요가 은교를 사랑하는 데 필요한 것은, 마음이 아니라 몸이었다. 은교와 함께 풀숲을 달리고 은교를 덥석 안아 올릴 수 있는 근육이 있는 이십 대의 육체였던 것이다.

당시 서른 중반이던 나도 이적요의 마음이 이해가 되면서 안타까웠다. 그래서 내 미래가 저러면 어떡하지, 하는 생각을 안 할 수가 없었다.

미래의 늙은 나에게 은교 같은 청년이 나타난다면 어떻게 해야 할까. 도저히 사랑하지 않고는 배길 수 없는 사람인데 나보다 한참은 어리다면 그때의 나는 얼마나 괴로울 것인가 하는 걱정을 했었다. 그때의 내가 철석같이 믿는 말이 '몸은 늙어도 마음만은 청춘'이라는 말이었다.

그러나 마흔이 넘은 지금 나는 확실히 안다. 나는 몸도 늙었지만 마음도 함께 나이가 들었다는 것을 말이다. 그것이 좋은 의미든 아니든 간에, 눈가에 잔주름이 잡히고 몸에 탄력만 사라진 건 아니다. 마음 역시 변했거나 성장했거나 혹은 더는 발전하지 않고 멈추거나 후퇴했다. 결코 이십 대의 나, 청춘이라 부르던 그때 그 마음을 그대로 가지고 있지 않다.

　며칠 전 늦은 밤, 오래 내 주변을 맴돌던 사람에게서 이 년 만에 전화가 왔다. 우리는 언제나 했던 이야기들, 하도 많이 해서 이제는 거의 외울 수 있는 레퍼토리의 이야기들을 다시 나눴다. 그렇게 이야기가 오갔고, 우리는 늘 그러했듯 서로 좁혀지지도 멀어지지도 않는 거리를 유지했다. 그런데 마지막 나의 발목을 잡는 것이 있었다. 그건 바로 전과 같지 않은 내 마음이었다. 그가 싫어졌다거나 지겨워졌다거나 하는 감정 변화는 아니었다. 뭐랄까, 그냥 내 마음이 나이 들었음을 그 순간 느꼈다. 더는 열정을 쏟아붓고 싶지 않다거나 그럴 마음의 여유가 없다는 뻔한 느낌이 아니었다. 마치 이미 자라버린 나무에서 어린나무였을 때의 말랑말랑함을 찾을 수 없는 것처럼 그를 향해 달떠 있던 내 마음의 조각들이 마치 오랜 과거의 일처럼 아득했다.
　아이에서 어른이 될 때 마음이 달라지고 변하듯 그렇게 나는 달라져 있었다. 예전은 틀렸고 지금은 맞다가 아니다.

이곳에서 저곳으로 옮겨간 것이라고밖에 표현할 수 없는 기분이었다.

나는 이런 내 마음을 숨김없이 그에게 드러냈다. 그는 놀라지는 않았지만 실망한 듯했다. 이제 더는 가깝지도 멀지도 않은 거리에서 행성이 공전하듯 서로의 주변을 빙글빙글 돌 일이 없어졌음을 확실히 알게 됐다.

몸이 달라져서 마음이 바뀐 것인지, 아니면 마음이 바뀌었기 때문에 몸도 조금씩 그 형태를 달리하게 된 것인지 잘 모르겠다. 하나 확실한 것은 몸도 마음도 지나온 세월을 살아냈다는 것이다.

사실 그 일이 있기 전에도 내 마음이 이전과는 다른 형태와 빛을 띠고 있음을 어렴풋이 느끼고 있었다. 그러나 모든 일이 그러하듯 뭔가 확실하게 깨닫게 되는 데는 계기가 필요하기 마련이다. 그런 의미에서 그가 내 인생에 한 가지 큰 선물을 주었다는 느낌이 든다. 나의 마음이 나의 몸처럼 그렇게 달라졌음을 확실히 알게 해주었으니까.

몸은 온갖 치장과 의학의 힘을 빌려 나이를 속일 수 있을지 몰라도 마음은 그 어떤 것으로도 시간을 거스를 수 없다. 나는 지금 내 마음 상태가 그럭저럭 괜찮다. 체념도 포기도 아니다. 마치 겨울이 지나면 꽃이 피는 봄이 오고 꽃이 한창인 여름이 지나면 잎이 떨어지는 가을이 오는 것처럼 자연스럽게 내 안에 스민 마음이다. 나이가 좀 더 들면 또 다른 마음을 만날 테지. 누군가 그런 게 바로 나이 든 증거라고 말한다면 나는 이렇게 답하겠다.

"그게 뭐 어때서요?"

다시 누군가를
사랑할 수 있을까

얼마 전 방송을 하러 갔다가 현재 연애 중이냐는 질문을 받았다. 연애 칼럼니스트에게는 숙명과도 같은 질문인데 안타깝게도 나는 아니라고 대답할 수밖에 없었다. 그쯤에서 끝났으면 좋으련만 기어이 질문자는 마지막 연애는 언제냐고 다시 물어왔다. 대충 둘러대고 집으로 돌아오면서 나는 마지막 연애를 떠올려보았다. 곧이어 그 이후로 제대로 된 연애를 한 적이 없다는 사실이 떠올랐다.

물론 중간중간 누군가를 만나지 않은 것은 아니다. '썸'이라고 부를 만한 관계도 있었으며 데이트도 꽤 여러 번 했다. 하지만 내 기준에서 보자면 그건 연애가 시작될 수도 있는 가능성의 테스트일 뿐 결코 연애도 사랑도 아니었다.

　마지막 사랑이 언제 어떻게 끝이 났는지 아직도 생생하게 기억한다. 눈이 많이 온 그날, 나와 남자친구는 사소한 일로 말다툼을 했다. 처음에는 내가 얼마나 서운한지 알리기 위해 그에게 화를 냈을 뿐이었다. 하지만 나중에는 내가 무엇 때문에 화가 났는지는 온데간데없고 오직 화를 위한 화를 내고 있었다. 그러다 결국 그와 나는 돌이킬 수 없는 강을 건넜다. 그동안의 시간을 후회하고 서로를 선택했던 순간을 저주했으며, 끝내 우리는 서로 맞지 않은 사람들이라는 결론을 내렸다. 거의 모든 연애의 끝이 그러하듯 대단한 사건도 사연도 없었지만, 그동안 차곡차곡 쌓인 서로에 대한 불만과 서운함이 결국 우리를 다시는 제자리로 돌아가지 못하게 만들었다.

　그 연애의 끝에서 이제 아주 오랫동안 연애를 하지 못할 것 같다는 느낌이 들었다. 전혀 수월하지 않았던 우리의 사랑은 모든 악조건을 극복하고 시작된 것이라서 다시 누군가에게 그런 감정을 느낄 수 있을까 싶었다. 그리고 그 예감은 맞아떨어졌다. 나는 아주 오랫동안 연애를 하지 않았을뿐더러 누군가를 제대로 사랑하고 싶다는 마음조차 없었다. 어쩌면 그 연애가 내 인생의 마지막 연애가 되어도 상관없겠다는 생각을 했다. 그만큼 그 연애가 힘들었기 때문이라기보다는, 그때처럼 누군가를 온 마음을 다해 사랑할 자신이 없었고 사랑에 그렇게까지 에너지를 쏟을 수 있을 것 같지가 않았다. 그즈음 나는 마흔을 앞두고 있었기에 이제는 조용하고 평온하게 살고 싶다는 마음도 한몫했다. 나이가 들어가고 있는 만큼 사랑처럼 격렬한 감정의 동요보다는 평안함을 택해야 하는 게 아닌가 하는 생각이었다.

이후 가끔 나를 마음에 들어 하는 사람을 만나 아주 짧게 연애 바로 직전까지만 갔다가 되돌아오기를 반복했다. 거기에는 마음 아플 것도 속상할 것도 서운해할 것도 없었다. '너 아니면 안 되는'이 아닌 '너 아니어도 괜찮은' 사람들을 만났고, 오직 하나뿐인 그대가 아니라 수많은 사람 중에 어쩌다 보니 그대라고 말해도 좋을 만한 사람들을 만났다.

원래 사랑에는 이유가 없다고 했지만 내게는 그들을 만

나는 이유가 분명히 존재했다. 때론 하루가 심심해서, 때론 삶이 따분하고 무료해서 혹은 이쯤에서 누군가를 만나야 할 것 같아서 등등. 언제나 상대를 향한 이유가 아니라 나 자신에만 집중된 이유였다. 해서 그런 만남과 관계가 끝난다고 해서 아쉬울 것도 없었고, 지속한다고 해서 큰 의미가 있는 것도 아니었으며, 언제든 사라져도 괜찮았다. 그런 삶은 마흔이라는 절대 적지 않은 나이와 썩 잘 어울리는 것 같았다. 감정의 롤러코스터를 탈 일도 없고 무언가에 매달리지도 애석해하지도 않는, 큰 기복 없이 평온하고 바람직한 마흔의 모습인 듯했다.

그런데 방송을 마치고 돌아오는 기차 안에서 더는 썸이나 데이트만으로 끝나도 좋은 관계가 아닌, 다시 예전처럼 누군가를 사랑하는 관계를 갖고 싶다는 생각이 들었다. 동시에 지난 마지막 사랑을 떠올려도 더는 전처럼 마음 아프지 않았고, 시간을 되돌려 그 순간으로 간다면 다른 선택을 했을 것이라는 후회의 감정도 들지 않았다.

마흔을 넘어서면서 마흔의 감정과 삶이 따로 있는 것이

아니라는 것을 알았다. 원래의 나와 크게 다르지 않은, 그러나 나이가 조금 더 든 내가 있을 뿐이다. 이십 대처럼 뜨겁게 사랑할 자신은 없지만 적어도 다시 따듯해지고 싶어졌다. 사랑 없이 보낸 그 모든 봄과 여름과 가을과 겨울이 아까웠고 누군가로 인해 마음 설레는 순간들이 그리워지기 시작했다. 물론 사랑은 내 마음만으로 되는 것이 아니기에 이런다고 당장 사랑하는 사람을 만나 연애를 할 수는 없을 것이다. 그러나 적어도 내가 다시 사랑할 준비가 되어 있고, 다시 누군가를 사랑하고 싶어졌다는 점이 중요하다. 아무런 마음의 동요도 없는 평온한 일상을 이제 더는 지속하고 싶지가 않다.

마지막 사랑에서 참 많은 날을 지나왔다. 그리고 이제는 지나간 사랑의 그림자나 그늘이 아닌 새로운 이야기를 써도 좋은 날이 온 것 같다. 다시 누군가를 사랑할 수 있을지는 사실 나도 잘 모르겠다. 그러나 내게 또 한 번의 사랑이 온다면 그때는 마흔이라는 지금의 내 나이를 지나치게 의식하지 않으려고 한다. 마흔이니까 이래야 하지 않을까, 마흔이 되었으니 이런 모습이어야 하지 않을까. 어떻게 보면 이런 생각은 내가 스스로에게 씌운 굴레일 뿐 아무도 내게 그렇게 살기를 강요하지 않았다. 사랑에 있어서만큼은 나이를 혹은 그 나이에 맞는 무언가를 생각하지 않아도 되지 않을까.

문제와 함께 살아가는 법

이십 대 때 나는 삶이 언제나 전쟁 같다고 느꼈다. 누가 총을 먼저 쏘느냐에 따라 생사가 결정되고, 지금 당장 이 자리를 차지하지 않으면 아무것도 할 수 없다는 절박감이 수시로 찾아왔다. 옆에 있는 동기보다 내 성적이 더 좋아야 해서 이를 악물고 노력했고, 친한 친구와 함께 면접을 보러 가도 친구가 아닌 나를 뽑아야 하는 이유를 필사적으로 피력했다. 솔직히 그때는 친구가 친구로 느껴지기보다는 또 하나의 경쟁자로, 내가 조금만 방심해도 내 자리를 차지하고 내가 누려야 할 모든 것을 빼앗아갈 위험한 존재로 느껴졌다. 만약 내가 방송연예학과가 아니라, 어느 회사에나 지원할 수 있는 평범한 학과를 선택했더라면 사정이 조금 달랐을까? 당시 우리가 갈 수 있는 길은 어느 정도 정해져 있었고, 정해진 곳을 돌다 보면 우리는 어색한 정장을 입고 애써 미소를 띠며 초조함을 감추려고 애쓰는 서로를 마주할 수 있었다.

그 시절 집안 형편이 매우 나쁜 친구가 있었다. 그녀는 함께 젊음을 탕진하느라 새벽까지 술을 마시고 놀다가도 언제나 열 시면 기숙사로 돌아가 착실하게 공부했고, 그래서 늘 장학금을 받곤 했다. 처음에는 우리 모두 그 친구가 장학금을 받는 것을 당연하게 여겼다. 누가 봐도 성실하게 학교 출석을 지켰으며, 시험 기간 이외에는 공부라고는 하지 않던 우리와 달리 늘 전공 서적을 끼고 살았으니까.

하지만 시간이 지나 취업 기간이 되자 상황이 달라졌다. 장학금을 자주 받는다는 이유로 누구나 부러워할 만한 취업 자리에 그 친구만 교수님의 추천서를 받는 일이 잦아지자 우리는 슬슬 불만을 토로하기 시작했다. 불만이 비난이 되는 것은 시간문제였다. 누군가 그녀가 성실하기는 하지만 솔직히 우리 과가 어디 그러기만 하면 되냐고, 뭔가 '크리에이티브'한 부분이 있어야 하는데 그녀는 그저 덮어놓고 성실하기만 할 뿐 그런 기질은 전혀 없다고 말했다. 그 이야기를 시작으로 시골 출신이라 그런지 옷차림이 너무 촌스럽다, 저 얼굴에 저 몸매에 스태프가 아니라 배우를 꿈꾼다는 게 가당키나 하냐 등등 원색적인 비난까지 난무했다. 결국 그녀는 모종의 사건을 계기로 교수님의 신임을 잃었고 그해 우리와 함께 졸업하지 못했다.

그때의 나는 나보다 나은 누군가를 인정할 용기도, 나보다 힘든 이에게 양보할 여유도 없었다. 당연히 붙으리라 응원을 잔뜩 받았던 방송국 입사시험에서 한 번 미끄러지고 나니, 지금 무엇을 위해 이렇게 치열하게 살아야 하는지 생각해볼 시간조차 없었다. 말 그대로 죽기 아니면 까무러치기라는 마음으로 이십 대를 살았다. 뭐 어떻게 보면 그건 당연한 일인지도 몰랐다. 그때의 나는 이제 막 세상에서 나 혼자 힘으로 걸음마를 시작했고, 그럼에도 내가 나를 책임져야 하는 성인이었으니 말이다.

이십 대를 기점으로 내게 닥친 문제들은 대개 해결하지 않고 넘어가면 곧바로 큰일이 나는 것투성이였다. 이번 달에 아르바이트를 구하지 못하면 당장 방세가 밀리게 되고, 요행히 방세가 해결되고 나면 언제까지 아르바이트만 하고 살 수는 없지 않겠느냐는 고민이 밀려와 하루하루가 정말 팍팍했다.

학생 신분을 벗어나자마자 공교롭게 IMF 경제 위기를 맞았다. 그때는 온 국민이 허리띠를 졸라매야 했다. 그러한 상황은 아르바이트를 하던 커피숍을 망하게 해서 내가 벼룩시장을 뒤지게 만들었다. 기업들은 앞다투어 올해는 신입사원을 뽑을 계획이 없으며 있는 직원들도 정리해고를 하겠다고 발표했다. 이렇게 되자 취업 시장은 나 같은 초보 병아리들과 회사가 망하는 바람에 다시 구직자가 되어 돌아온 경력자들이 모여 북새통을 이루었다. 그때의 IMF가 얼마나 힘들었는지는 굳이 말로 설명하지 않아도 다들 알 것이다. 지금도 경제가 어렵거나 상황이 좋지 않을 때 이십년도 더 지난 IMF가 꾸준히 입에 오르는 것을 보면, 그 시절은 우리 모두에게 트라우마처럼 남은 기억이다.

간신히 취업에 성공했지만 기쁨은 잠깐이고 본격적인 경쟁이 펼쳐졌다. 취업을 했으니 굶을 염려는 없었지만 이번에는 삶의 질과 직결되는 문제와 씨름해야 했다. 경쟁에서 이기고 지느냐에 따라 먹고 입는 것, 사는 곳이 달라지는 것이다. 어디 그뿐인가. 연애, 이별, 결혼, 이직 등 다들 인생의 중요한 문제들을 겪느라 정신없는 시간을 보내야 했다.

정말이지 나와 내 주변 여자들의 인생은 이십 대 이후 단 하루도 문제와 대면하지 않고 산 날이 없다고 해도 과언이 아니다. 온통 이 문제 저 문제를 안고 사는 시한폭탄들 같았다.

우리는 문제와 함께 앞만 보며 달리다가 어느새 덜컥 마흔을 맞는다. 나 또한 그랬다. 말로만 듣던 마흔. 이십 대 때는 서른쯤 되면 어느 정도 인생의 답도 알고 머리로만 상상하던 내 모습이 완성되어 있을 거라 믿었지만 서른이 되어도 아무것도 달라지지 않았고, 마흔이 된 지금도 여전히 이십 대와 같은 고민과 걱정거리를 안고 산다. 요즘 친구들과 모이면 으레 나오는 대화 주제가 미래에 대한 두려움이다. 그러다가 누가 제일 불행한지 내기라도 하듯 이야기가 아주 이상하게 흐를 때도 있다.

이십 대와 삼십 대 때 온갖 문제를 해결하느라 고군분투한 것도 모자라 마흔이 넘어서까지 계속 그래야 한다는 사실은 나를 좌절하게 만들기에 충분했다.

요즘 나는 자주 옛날을 떠올린다. 술자리에서 '나도 왕년에는' 어쩌고 하는 꼰대를 보면서 비웃었는데, 이제는 그들이 왜 그랬는지 조금은 알 것 같다. 아마도 지금부터는 무슨 짓을 해도 과거와 같은 전성기가 다시 오지 않으리라는 사실을, 예전보다 더 빛날 일은 없으리라는 사실을 직감적으로 알았겠지. 그래서 젊고 환하며 자신감 충만했던 지난날의 자신에게 빛바랜 찬사 같은 것을 보내고 싶은 마음이었겠지….

한창 마흔의 고민에 빠져 있을 즈음 나는 늘 나가던 모임 때문에 어느 호텔 로비에서 일행을 기다리고 있었다. 그날따라 화장도 좀 잘 되었고 간식을 줄인 보람이 있었는지 옷도 낙낙하게 남아돌아 기분이 괜찮았다. 잘만 하면 친구들로부터 '얼굴 좋네'(이젠 예뻐졌단 말은 들을 일이 별로 없다)

또는 '살 빠졌다' 같은 얘기를 들을 수도 있겠구나 싶었다.

일행을 기다리면서 옆 테이블에 있는, 적어도 나보다 열 살 정도는 많아 보이는 여자분들의 이야기를 본의 아니게 엿듣게 되었다. 누구는 주부였고, 누구는 현역 직업인이었다. 그중 가장 나이가 많아 보이는 사람은 이제 일할 만큼 했으니 남은 시간은 온전히 자신을 위해 써야겠다고 생각하는 듯했다.

으레 가정주부는 전문직 여성을 부러워하고, 전문직 여성은 가정주부를 부러워한다고들 말한다. 또 이런 자리에서는 아닌 척하면서도 마음속으로는 서로 비교하며 부러워하기도 한다. 좀 더 복잡한 관계라면 겉으로 부러워하는 척하면서 은근히 자기 자랑을 늘어놓거나 부러워 죽겠지만 짐짓 그렇지 않은 척하는 경우도 많다. 그래서 나는 저 사람들이 어떤 쪽에 속할까 하고 귀를 기울였다.

그런데 그들의 대화는 내가 예상했던 것과는 사뭇 달랐다. 위치와 상황과 형편 등을 두고 서로 비교하는 일은 전혀 없었다. 요즘 자신이 관심을 가지는 것, 어떤 것을 하니 재미있더라는 것, 그리고 새롭게 배우거나 즐기고픈 것에 관해 얘기하느라 정신이 없었다. 그들이 재미있다고 하는 것은 식물 키우기나 프랑스 자수 같은 것들이었고, 그것이 얼마나 대단한지가 아니라 얼마나 소소한 재미와 행복을 주는지에 대해 이야기했다. 식물을 길러 주변 사람들에게 나누어주고 친구의 기념일에 자수를 놓아 직접 만든 브로치를 선물했다는 얘기로 화기애애했다.

흔히 여자들이 모이면 자식 자랑, 남편 자랑이라고 하던데, 그들은 마치 남편과 아이는 이 자리에 낄 틈이 없는 사람들 같았다. 남편과 아이를 사랑하고 자랑스러워하지만 딱 거기까지, 그들이 곧 나는 아니니 이 자리에서 그걸 굳이 피력할 필요가 있을까, 하는 식의 태도에서 어떤 내공마저 느껴졌다.

이쯤 되자 나는 그들의 얼굴이 몹시 궁금해졌다. 대체 얼마나 잘 차려입었을까. 돈이 많고 여유가 있겠지, 그래서 관리 덕에 나보다 더 좋은 피부와 잘 다듬어진 손톱을 갖고 있겠지. 이런 생각이 없었다고는 말 못 하겠다.

예상외로 그들은 평범했다. 옷차림도, 세월의 흔적이 묻은 손과 얼굴도 지극히. 그럼에도 그들의 온몸에서 빛이 났다. 정말이지 그건 빛이라고밖에는 표현하기 힘든 무언가였다. 그들이 빛나는 것은 걱정 없는 삶을 누리기 때문이아니라 걱정에 잠식되지는 않았기 때문이었다. 그 순간, 우연히 엿들은 타인의 대화에서 어떻게 살아야 할지에 대한실마리를 지나치다 싶을 정도로 많이 얻은 듯했다.

그날 이후 나는 나만의 방법을 찾되 그들이 가진 그 빛을 나도 가지기 위해 애쓰게 되었다. 그러자 마음이 굉장히편안해졌다. 문제가 해결된 것도 사라진 것도 아니지만, 마침내 나는 문제를 안고도 웃으며 살아가는 법을 배우기 시작했다.

늘 도장 깨기를 하듯이 하나 해결하고 악착같이 그다음문제에 덤벼들지 않아도, 문제에 눌려 결국 내가 문제인지도 모르겠다며 널브러지지 않아도 살아가는 방법이 있다는것. 이것을 머리로 혹은 이론으로 아는 것과 온몸으로 느끼는 것은 많이 달랐다. 이제 나는 스스로 그런 방법을 찾고있다.

아직 완전하고 더할 나위 없는 방법을 터득하지는 못했고, 또 그런 방법 같은 건 존재하지 않을지도 모른다. 하지만 내 삶의 목적이 문제 해결이 아니며, 또한 문제의 미해결이 곧 내 삶의 실패가 아니라는 사실을 알게 된 것만으로도 충분히 숨통이 트였다. 마치 마흔이 된 이후 가장 큰 삶의 비밀이라도 알게 된 듯했다.

불행히도 내가 여기서 문제를 옆에 두고도 그에 잠식당하지 않고 사는 명쾌한 방법을 제시해줄 수는 없다. 세상 사람들은 각자 자기 상황에서 다른 문제를 안고 살아가니까 말이다. 그렇지만 한 가지 분명히 말할 수 있는 것은, 대한민국 평균 이하인 나도 할 수 있다면 이 글을 읽는 당신도 충분히 할 수 있다는 사실이다.

문제가 제각각인 만큼 방법도 제각각이 되겠지만 언젠가는 그 모임의 여성분들처럼 우리 모두 빛나는 사십 대, 오십 대를 향해 갈 수 있지 않을까?

우리는 살아 있는 한 이런저런 문제를 피할 수 없이 만나게 된다. 그렇다면 문제들을 한 번에 없애는 방법이 아니라 문제들과 함께 잘 살아가는 방법을 찾는 것, 이것이야말로 근본적인 해결책인지도 모른다.

3장

나는 당신에게
친절한 사람인가요

요리 잘하는 여자

나에게는 십 년간 이어온 모임이 하나 있다. 특별히 만
나는 날이 정해져 있는 것이 아니고 회원 중에서 누군가가
"오늘 뭉치자"라고 말하면 시간 되는 사람들끼리 모이는
자유로운 모임이다. 나는 거기서 유일한 여자 회원이다. 이
쯤 되면 내가 그 모임에서 공주 대접을 받을 거라고 짐작하
겠지만, 전혀 그렇지 않다. 그들은 이 모임에 나를 끼워준
이유가 내가 전혀 여자 같지 않아서라고 한다. 모임에 나오
는 회원은 상당히 유동적이라 기존 회원이 새로운 사람을
데리고 나오기도 한다. 그래서 갈 때마다 서너 명의 새로운
얼굴을 볼 수 있다. 얼마전 이 모임에서 있었던 일이다.

그날도 새로운 회원 두 명이 나와 있었고, 간단히 통성명을 한 후 우리는 취지에 맞게 본격적으로 부어라 마셔라 했다. 한참을 마시던 중 때마침 안주가 떨어졌는데, 누군가 해물탕을 먹자고 했다. 아니, 닭집에서 파는 해물탕이라니. 과연 그 맛이 괜찮을지 불안감을 떨치지 못한 채 해물탕이 나오기를 기다렸다. 안 그래도 불안한데 해물탕은 주문이 떨어지기 바쁘게 술상 위에 놓였다. 걱정 반 기대 반으로 해물탕을 바라보았다. 꽃게가 반으로 잘려 들어가 있고 오징어는 딱딱할 정도로 말라 있었다. 맛도 비주얼과 다를 바 없었다. 다들 실망하며 숟가락을 놓을 때 내가 한마디 거들었다.

"생물이 아니라 냉동이면 국물이 끓을 때 넣어야 하는데, 보니까 재료를 미리 넣고 끓였네…."

그때 새로운 회원 두 명의 시선이 내게로 쏠렸다. 지금껏 내게 관심을 보이지도 않았고 심지어 나를 보고 실망한 표정을 지었던 그들이 갑작스러운 나의 해물탕 발언에 이목을 집중한 것이다. 한 남자가 말했다. "요리를 좀 하시나 봐요?" 나는 요리까지는 아니고 내 입에 들어가는 밥 정도는

해 먹을 수 있다고 대답하며, 이 집은 차라리 이 국물에 뜬 금없는 게가 아닌 닭가슴살을 좀 찢어 넣어 파는 게 더 나을 것 같다고 덧붙였다.

그들은 나에게 이것저것 물어보기 시작했다. 어째서 해물탕이 나온 후로 나에게 갑작스런 관심을 보이는지 알 수 없어 나는 다소 떨떠름하게 대답했다. 그런데도 마치 둘이서 경쟁이라도 하듯 내게 질문하고 내 말을 경청하는 기이한 일이 벌어졌다.

한동안 썸을 탄 남자가 있었다. 그러나 애석하게도 썸에서 더 나가지는 못했다. 그래도 내게 잘 대해주었고 일 때문에 내가 신세를 진 적도 있어서 뭐라도 작은 보답을 해야겠다는 생각이 들었다. 선물을 사주기도 뭐하고 그렇다고 모바일 기프티콘 같은 것을 보내자니 좀 성의 없어 보일 듯했다. 그래서 집에서 초코칩 쿠키를 조금 구워다가 포장해서 카드와 함께 선물했다. 만약 썸을 타는 중이었다면 오히려 직접 구운 쿠키 같은, 누가 봐도 이성으로 어필하겠다는 냄새가 물씬 풍기는 선물을 하지는 않았을 것이다. 이제 다

끝난 마당이니 잘 보이기 위한 것이 아니라 어디까지나 감사의 표시를 위한 것이었다.

그런데 쿠키를 준 그날부터 다시 그에게 달콤한 내용의 카톡이 도착하기 시작했다. 처음에는 고마워서 그러려니 했는데, 너무 지속적이어서 어느 날 그에게 전화를 해서 왜 그러느냐고 직접 물어봤다. 그는 자신의 이상형이 요리를 잘하는 여자인데 내게 그런 면이 있는 줄 몰랐고, 쿠키가 생각보다 너무 맛있어서 내가 새롭게 보이더라고 했다. 나는 고마움의 표현일 뿐이니 별다른 의미를 두지 말아달라고 단호하게 말했다.

이 두 가지 일을 연달아 겪고 나니 그 공통점을 생각하지 않을 수 없었다. 그건 바로 예전과는 다르게 요리를 잘하는 여자에게 남자들이 주목한다는 것.

지금 내가 알고 지내는 남자들은 거의 사십 대 초중반의 싱글이다. 이 나이 때의 싱글 남자들은 대개는 독립해서 혼자 산다. 혼자 살면서 가장 불편을 많이 느끼는 지점이 뭘까? 바로 요리다. 사실 청소나 빨래 같은 건 큰 기술이 필요하지도 않을뿐더러 오히려 게으르지만 않다면 남자들도 얼마든지 잘 해낼 수 있다. 하지만 요리는 다르다. 이건 무언가를 만들어내는 일이자, 노력이나 성실함의 문제가 아니라 감각의 문제다. 또 매우 부지런해야 가능한 게 요리다.

혼자 먹기 위해 음식을 해본 사람들은 알겠지만 1인분이나 3인분이나 만들 때 들어가는 품은 비슷하다. 그런데 매일 나 하나 먹겠다고 지지고 볶고 하는 일이 얼마나 귀찮겠는가. 함께 먹을 사람이 있다면 또 그런대로 할 맛이 나겠지만, 1인분을 만들어서 1인분을 소비해야 하는 사람에게 요리는 어지간한 각오 없이는 계속하기 힘든 일이다. 재료를 사고 손질하고 또 남기는 것 없이 잘 소진하면서 먹을 만한 집밥을 만들기란 쉽지 않다. 처음 몇 번 만들어 먹다가 이내 집 앞의 적당한 식당에서 끼니를 해결하거나 배달 음식으로 대충 때우게 되기 마련이다.

저 두 경우의 주인공들도 모두 혼자 사는 싱글 남자들, 그것도 사 먹는 음식에 물릴 대로 물린 남자들이었다. 그런 그들에게 요리를 잘하는 여자란 꽤 매력적으로 다가왔을 터다. 그렇게 사 먹는 음식에 질린 그들에게 새로 생긴 여자친구가 집에서 보글보글 끓인 된장찌개와 정갈한 나물 반찬으로 소박하지만 깔끔한 집밥을 내놓는다고 생각해보라. 그들에게는 얼굴이 예쁘고 몸매가 훌륭하며 성격이 좋은 것 못지않은 장점으로 작용할 것이다.

그렇다고 뜻밖에 발견한 나의 새로운 매력, 즉 요리를 좀 한다는 점을 특화해 앞으로 연애사업에 잘 이용해보겠다는 생각은 없다. 그저 나와 마찬가지로 오랫동안 혼자 살아온 남자들이 조금 안쓰러울 뿐, 그들이 끝끝내 해결하지 못한 '집밥'을 내가 대신해줄 마음은 없다. 그들 역시 요리 잘하는 여자친구와 연애할 때만 제대로 된 집밥을 얻어먹을 게 아니라면, 요리 프로그램이라도 보면서 조금씩 뭔가를 만들어 먹는 버릇을 들이는 편이 나을 것이다(더 나아가 여자친구를 불러놓고 근사한 요리를 해주는 남자란 얼마나 매력적이겠는가. TV에 괜히 파스타 같은 걸 잘 만드는 남자들이 등장하는 게 아니다. 그런 남자는 모든 여자의 로망이다).

내가 좀 더 어렸다면 나의 매력 포인트가 겨우 밥하는 건가, 하고 분노했을지 모른다. 하지만 지금 나는 다행히도 그런 기분에서 어느 정도 거리를 둘 수 있게 되었다. 다만

이런 생각은 종종 한다. 언젠가 내가 정말 좋아하는 남자가
생기면 집밥을 맛있게 먹이고 싶어질지도 모르겠다고.

사람은 변한다

"어떻게 사랑이 변하니?"

영화 〈봄날은 간다〉에 나오는 유명한 대사다. 이별 통보를 하는 이영애에게 유지태가 하는 말인데, 이 영화에서 가장 핵심적인 대사라고 할 수 있다(물론 그보다 더 유명한 대사는 이영애의 "라면 먹고 갈래요?"지만). 영화를 보는 내내 그런 생각을 했다. 사랑이 변하는 게 아니라 어쩌면 사람이 변하는 건지도 모르겠다고. 아무리 영원한 사랑을 약속한다고 해도, 이 사랑이 아니면 곧 죽을 것 같다가도 언젠가는 변하게 마련이다. 왜냐면 그 사랑을 하는 주체가 때에 따라

152

또 상황에 따라 얼마든지 변할 수 있는 사람이기 때문이다.

나는 사람은 변한다고 생각한다. 만약 변하지 않고 언제나 한결같은 사람이 있다면, 그건 변치 않고도 살 수 있도록 주변 환경이 잘 흘러가주었기 때문이 아닐까.

대학을 다닐 때 정말 좋아한 사람이 있었다. 그는 나보다 나이가 훨씬 많았고 학생 신분인 나와 달리 이미 전문직에 종사하고 있었다. 어린 내가 보기에, 또래의 고만고만한 청춘들에 비해 그는 완벽한 어른의 모습을 하고 있었다. 내 딴에는 그를 사로잡고 싶어서 정말 별별 삽질을 다했다. 그가 좋아하는 음악을 달달 외울 정도로 듣고 그가 관심을 두는 것이라면 그게 아무리 내 관심사 밖이라 할지라도 파고들었다. 그가 아는 것이라면 그게 무엇이든 나도 알고 싶었고, 더 나아가 그걸 함께 공유하고 싶었다.

안타깝게도 그는 나를 사랑하지 않았다. 그냥 나보다 어린 여자를 만나 재미있게 연애나 해야지, 하는 마음이 전부였다. 처음부터 나와 진지하게 사랑을 하겠다는 생각이 없었다. 지금에서야 어떤 마음에서 그가 나를 만났는지 알지만, 그 당시의 나는 짐작조차 못 했다. 그저 내가 얼마나 그 사람을 사랑하는가가 중요했고, 사랑하니까 그 사람을 옆에 두고 싶다는 바람 외에 다른 것은 생각할 수도 없었다. 그런 연애의 끝이 그러하듯 언제부턴가 그는 나를 성가셔했다. 성가심 대신 부담이라는 단어를 사용하긴 했지만 어쨌든 나는 그에게 점점 성가신 존재가 되었고, 급기야는 연락 두절이라는 최악의 사태를 맞았다.

그의 연락 두절이 의미하는 바를 모를 정도로 멍청하지는 않지만 그것과는 별개로 내 마음속에 있는 턱도 없는 희망을 버릴 수가 없었다. 그래도 어떻게든 내가 더 잘하면 이 사태를 되돌릴 수 있겠지, 하는 생각뿐이었다. 전화해도 받지 않고 구구절절 내 마음을 담은 긴 편지를 써도 답장이 없자, 어느 날엔가는 술을 진탕 마시고 그의 친구에게 연락을 했다.

그의 친구는 그가 내게 직접 해야 할 말들을 대신 들려주었다. 좀 치사한 방법이긴 했지만 효과는 직방이었다. 나는 더 이상 내가 잘한다고 해서 될 일이 아니라는 것을 머리로도 마음으로도 받아들였다. 한동안은 혼자 눈물도 짜고 잊히지 않는 기억들 때문에 괴로워하기도 했다. 하지만 세월이 약이라고 했던가. 나는 꽤 오랜 세월 그 사람을 완전히 잊고 살았다. 적어도 그가 뜬금없이 연락을 해오기 전까지는 말이다. 핸드폰도 없었던 시절에 만났던 사람이고 그동안 단 한 번의 교류도 없었음에도 그는 나를 찾아냈다 (다 잘나신 내 직업 덕분이었다).

처음에는 반가웠다. 안 좋게 끝났기는 했지만 이미 오래된 일이라 아무렇지도 않았다. 그저 나의 이십 대에 대한 아련함 같은 것만 남아 있었다.

서로의 안부를 묻고 이런저런 얘기를 하는데, 조금 이상했다. 그는 예전에 내가 알던 사람이 아니었다. 자신감 넘치던 모습은 온데간데없고, 세상과 주변에 대한 원망으로 가득했다.

나와 헤어지고 얼마 후 그는 자기처럼 직업이 의사인 여자와 선을 봐서 결혼했다고 한다. 처음에는 같이 병원을 운영하다가 자신은 시골에 작은 병원을 차려 일하고 아내는 대형 병원에서 월급 의사로 일했다. 둘 다 병원 운영에는 소질이 없었는지 크게 손해를 보았던 것이다.

결혼하자마자 딸과 아들을 차례로 낳았고 그럭저럭 남들처럼 살았지만, 문제는 그가 정신세계라고 해야 할지 아니면 마음이라고 해야 할지 모를 무언가에 너무 깊이 빠져버린 데 있었다. 자신의 분야와 전혀 상관없는 분야에 몇 년이고 파고들며 공부하는 통에 식구들과는 점점 더 멀어졌고, 나중에는 병원 문을 닫으면서까지 깊이 몰두한 모양이었다.

가정의 생계를 혼자 책임지게 된 아내는 불만이 쌓여갔고, 아이들은 엄마와 친밀했기에 엄마를 힘들게 하는 아빠를 미워하게 되었다고 했다.

나를 찾았을 때 이미 그는 거의 자기 방에서 움직이지 않는 히키코모리나 다름없었고, 가족들과도 서로 골이 파일 대로 파여 화해나 이해, 용서 같은 것들을 시도하기에는 너무 늦은 시기였다.

그는 집안일은 물론 자신의 위생과 관련된 일조차도 거의 하지 않고 자신만의 세계에 틀어박힌 채, 가족들이 자기를 사랑해주지도 알아주지도 않는다며 서운해했다. 하루

종일 그가 하는 일이라고는 자신이 좋아하는 클래식 음악을 들으며 커피를 마시고 담배를 피우는 것이 전부였다. 생활에 필요한 모든 것은 다른 가족들의 노동과 돈으로 이루어지고 있었지만, 문제성을 인식하지도 못했고 달라져야겠다는 생각조차 하지 않았다. 그는 전화통화도 마음이 힘들다며 오직 메신저로만 대화하려고 했고 그 대화라는 것도 온통 그가 쏟아내는 불평과 불만으로 가득했다.

내가 그의 사정을 속속들이 알 수는 없었지만, 그를 이해하는 마음이 들기보다는 일면식도 없는 그의 가족들이 안됐다는 생각만 들었다.

그는 자기 입장에서 유리한 부분만 이야기했지만 거기에는 그저 한 명의 잉여인간이 있을 뿐이었다. 머리도 수염도 깎지 않고 외출도 하지 않으며 가만히 앉아 마음 수련 외에는 아무것도 하지 않는 그에게 가족들은 지칠 대로 지친 듯했다. 그에게 말을 거는 일조차 극히 드물다고 했다. 그는 가족들이 주말 점심으로 햄버거를 시켜 먹는 바람에, 그 맛없고 영혼에 해로우며 자기가 싫어하는 음식을 먹은 데 대한 불만을 토로하는 것 정도가 유일하게 하는 일인 그런 사람이 되어 있었다. 그는 몸과 마음을 스스로 망가뜨리고 있었다. 솔직히 말하자면, 진지하고 심각하게 정신과적 치료가 필요해 보였다.

왜 갑자기 나에게 연락했을까? 소식을 모른 채 지낸 세월이 이십 년이었다. 처음부터 물어보고 싶었지만, 그의 하소연을 듣느라 거의 한 달이라는 시간이 흐른 뒤에야 조심스럽게 말을 꺼냈다. 그의 입에서 흘러나온 말은 꽤 난감했다. 자기를 진심으로 이해하고 사랑해준 사람은 나밖에 없었음을 알게 되었단다. 일을 관두고부터 연락하고 싶었지만 어디에서 어떻게 사는지 알 길이 없었다가 인터넷에서 우연히 내 책을 보게 되어 연락했다며, 내가 타인에게 드러나는 직업을 갖게 된 것은 다 자신을 다시 만나게 하려는 하늘의 뜻이 아니겠냐고 했다.

그 말을 들으니 무척 답답했다. 한때 그를 많이 좋아한 것은 사실이지만 그때의 나와 지금의 나는 이십 년이라는 세월의 무게만큼이나 달랐다. 그 역시도 완전히 다른 사람처럼 변해 있었다. 아니 설사 모든 게 다 예전 그대로라고 하더라도 그라는 존재는 내 마음속에서 거의 완전히 지워져 있었다. 지금의 그는 남자로서는 물론이고 한 인간으로서도 전혀 매력적이지 않았다. 곁에 지인으로라도 두고픈 사람이 아니었다.

하지만 속내를 말하면 혹여 더 안 좋은 상태가 될까 하여 별말 하지 않고 그의 연락을 받아주었다. 이렇게 하소연할 사람조차 없으면 정말 이 세상에 아무것도 붙잡을 것이 없는 듯 보였기 때문이다. 하지만 시간이 지날수록 그는 나를 지치게 했다.

그가 하는 얘기의 80퍼센트는 현재에 대한 불만이었다. 밤에 크게 음악을 듣고 싶은데 가족들이 시끄럽다며 헤드폰으로 들으라고 한다, 지금 당장 담배가 떨어졌는데 아내가 야간 진료를 하느라 빨리 사다 주지 않는다 등등. 그런 것들이 마흔을 넘어 곧 쉰을 바라보는 남자의 입에서 나온 자신이 행복하지 못한 이유였다.

언젠가 그가 그랬듯 나도 그가 성가셨다. 나도 사느라 바쁜데, 나 역시도 해야 할 일들 때문에 머리가 아파 죽겠는데, 그의 가족들조차 포기한 그의 불평과 불만을 들으며 언제까지고 그를 이해하는 척할 수는 없었다. 어느 날 그에게 말했다. 당신도 나도 이제는 완전히 다른 사람으로 변했다고. 그리고 주변의 환경도 모두 다 달라졌다고. 그걸 인정하지 않는 당신의 모든 얘기는 나를 힘들고 피곤하게 한다고. 그는 참 많이 서운해했고 나를 설득하려고 무진 애를 썼다. 그러다 나중에는 온갖 악담을 퍼부으며 저주했다. 그래도 어쩔 수 없었다. 나는 더는 스무 살의 내가 아닌데 그때 그 마음에 머물러 있기를 바라는 사람에게 뭘 해줄 수 있겠는가. 더구나 그 역시 예전의 그가 아닌 완전히 다른 사람이 되어버렸으니.

사람은 변한다. 긍정적인 형태로든 부정적인 형태로든 간에. 변하지 않고 영원히 똑같은 모습으로 살 수 있는 사람은 없다. 그는 내가 변했다고 비난할는지는 모르지만, 나는 변하지 않았다면 오히려 그게 더 이상한 일이라고 생각한다. 만약 그가 어디선가 이 글을 읽는다면 이렇게 말하고 싶다. 나와 대화를 나누었던 그때와 달라져 있다면 다시 내게 연락해도 좋다고. 하지만 그렇다고 해서 내가 예전처럼 당신을 사랑하게 되는 일은 일어나지 않을 거라고. 왜냐면 나는 더 이상 이십 년 전의 내가 될 수도 없고 되고 싶지도 않으며, 계속 변하면서 살 거니까. 나 자신은 물론이고 내가 하는 사랑도 일도 모두 영원한 건 아무것도 없으니까.

일요일 아침, 모르는 번호로 한 통의 전화가 걸려왔다.
이 시간에 누굴까 의아해하며 전화를 받았다. 수화기 너머
낯선 여자가 말했다.

　"모모 씨 아시죠? 저 그 사람 와이프 되는 사람입니다."

　모모라면 나의 십오 년 지기 친구다. 그도 아닌 그의 아
내가 무슨 일로 내게 전화를 했는지 전혀 짐작이 가지 않
았다. 나는 혹시라도 그에게 안 좋은 일이 생긴 건 아닌가
싶어 덜컥 걱정이 앞섰다. 하지만 기우에 불과했다. 그녀
는 그와 내가 어떤 사이인지 궁금하다고 했다. 순간 기분이
확 상했다. 그건 곧 그와 나의 관계를 의심한다는 얘기였

다. 최대한 화를 억누르며 그녀에게 있는 그대로 말해주면서, 이런 설명은 나의 의무가 아니라 당신을 향한 배려라고 했다. 그녀는 내 말을 가만히 듣기만 하더니 확인하듯 다시 한번 "정말 친구 사이 이상은 아닌 거죠?"라고 되물었다. 나는 그녀의 순진한 질문에 잠시 치솟았던 화가 순식간에 가라앉았다. 설사 둘 사이가 이상하다고 하더라도 그 질문에 순순히 그렇다고 대답할 사람이 세상에 몇이나 되겠는가. 하지만 그렇게라도 확인해야 안심이 되는 마음에서, 설사 거짓말이라 하더라도 자신 앞에서는 부정해주기를 바라는 마음에서 그랬을 것이다.

전화를 끊고 나서 잠시 고민했다. 친구에게 이 사실을 알려야 하나 말아야 하나? 아내가 의심하고 있다는 것은 친구의 행동에 문제가 있을 수도 있다는 뜻인가? 그렇다면 문제를 바로잡지 않는 한 친구의 아내는 무관한 사람들과 남편의 관계를 의심하는 불행한 일을 계속할 수밖에 없을 텐데.

사실 이와 비슷한 일이 전에 없었던 것이 아니다. 나는 때때로 내 남자 '사람' 친구들의 아내들에게 전화를 받아왔다. 내가 본의 아니게 뭔가 의심받을 만한 일을 해서 그럴 때도 있었고, 그냥 그들이 자기 눈에 너무 잘난 내 남자를 세상 여자들이 가만 놔둘 리 없다고 불안해해서 그럴 때도 있었다.

도무지 그녀들이 이해가 되지 않았다. 남편을 그렇게 믿지 못하는데 어떻게 같이 사는가 싶기도 하고, 기껏 의심하는 대상이 오래된 친구인 나라는 사실이 어이없기도 했다. 솔직히 기분이 상했다. 어느 누가 단지 여자 혹은 싱글이라는 이유로 소위 임자 있는 남자를 넘겨다보는 사람으로 의심받고 싶겠는가.

입 밖으로 말한 적은 없지만 내가 그녀들에게 해주고 싶은 말은 따로 있었다. 내가 의심의 대상에 올랐다는 것은 나를 그래도 그대들의 경쟁자로 봐준다는 뜻인 듯하여 감사하지만, 당신의 남편, 당신의 남자친구는 내 타입이 전혀 아니니 당신들이나 실컷 가지라고. 내가 그들을 넘겨다봤을 것 같으면 당신을 만나기 훨씬 이전에 내가 먼저 채갔을 거라고(어차피 이제 일어날 수 없는 일이니 이런 여유를 좀 부려봐도 손해 볼 건 없지 않은가).

이와는 반대의 경우인데, 혼자인 여자를 보면 어떻게든 누군가를 소개하지 못해서 안달인 사람들도 있다. 그들은 내가 여태 혼자인 것이 마치 자신의 불찰이나 잘못이라도 되는 것처럼 부탁한 적도 없는 사명감에 불타오른다. 그리고 주변에 있는 모든 싱글 남자를 하나씩 끌고 와서 "이 남자 진짜 사람 좋아"라며 연결해주려고 안달한다. 그들은 그 남자들에 대해 늘 성격 좋고 외모도 그만하면 괜찮고 좋은 직업을 갖고 있다고 설명한다. 이쪽에서 관심이 있든 없든, 그 남자들이 지금껏 여자가 없었던 것은 너무나도 바빴거나 혹은 여자에게 관심이 없어서이지 결코 인기가 없어서는 아니라고 강조한다. 좋은 성격, 괜찮은 외모 그리고 좋은 직업의 기준이 대체 뭔지 알 수는 없지만, 이쪽에서 그중 하나라도 못마땅해하는 기색을 보이면 그들은 가자미눈을 뜨고 말한다.

"어이구… 그렇게 눈이 높으니 니가 혼자인 거야!"

그들은 순식간에, 내가 남자친구나 남편이 없는 이유가 눈이 높기 때문이라고 단정 짓는다. 눈이 높다는 것은 보통 자신의 처지나 상황 등에 비해서 현저하게 더 나은 조건이

나 더 월등한 사람을 원할 때 쓰는 말이지만 이때는 사뭇 다르다. 여기서 눈이 높다는 것은 그들이 소개한 사람에 대해 달가워하거나 감사해하지 않는 그 모든 상황에 적용된다. 비슷한 말로는 '배가 불렀구나', '네가 아직 덜 급한 게지'가 있다. 그러고 나서 그들은 아예 나의 현재 상태, 나아가 닥쳐올 미래까지 스스로 판단을 내려버린다.

이때는 여자와 남자 구분이 없다. 이런 말을 여자라서 딱히 더 듣는 것도, 남자라고 덜 듣는 것도 아니다. 옆에 아무도 없는 사람들은 상대의 그 어떤 조건도 환경도 보면 안 된다는 게 그들의 생각이다. 문제는 우리 쪽에서 어디 좋은 사람 없냐고, 좋은 사람 있으면 소개해달라고 말하지도 않았는데 저런다는 것이다. 부모와 친척 어른들은 명절 때만 피하면 된다지만 (요즘에는 뉴스에서 명절 때 가족끼리 하면 안 되는 말을 알려주기도 하는데, 1위가 결혼이나 연애를 재촉하는 말이다) 주변 사람들이 이렇게 나오면 정말 대책이 없다. 그들은 자신의 옆에 연인이 있고 배우자가 있고 심지어 아이까지 있으면 인생의 거의 모든 것을 다 이루고 완성했다고 생각하는 사람처럼 군다. 그들에게 우리가 만날 사람은 우리가 알아서 한다고 해봐야 별로 소용없다. 그러니 여태 혼자라는 둥 그러면서 혼자냐는 둥 이런 소리만 돌아올 뿐이다.

부탁이다. 여자가 혼자 산다는 이유로 어이없이 당신의 남편이나 남자친구와 엮어 생각하지 말고, 멋대로 누군가를 소개해주려고 나서지도 말아주기를. 나와 같은 싱글 여성들, 나아가 남성들을 그냥 좀 편안하게 대해주면 좋겠다. 우리가 혼자든, 결혼을 해봤든, 누굴 사귄 경험이 있든 없든, 그건 우리가 알아서 할 일이지 당신의 일이 아니다. 그저 이 모든 일에 '낫 마이 비즈니스(not my business)'의 자세로 임해주면 좋겠다.

누군가와 함께 이야기를
나눌 수 있다면

가끔 그럴 때가 있다. 이유도 없이 너무너무 외로울 때. 그렇다고 무리해서 누군가와 약속을 잡기도 뭐하고 늘 보던 친구를 만나기도 싫고 그냥 나를 잘 모르는 사람과 대화하고 싶은 그런 때. 가끔 밤에 혼자 깨어 있으면 모르는 타인과 대화를 하고픈 충동을 느끼곤 한다. 하지만 그렇다고 해서 아무 번호나 누른 다음 "저… 저랑 대화 좀 하실래요?" 같은 미친 소리를 할 수는 없는 노릇이다(과거라면 폰팅이라는 명목으로 가능했을지도 모르겠다만).

누군가 곁에 있었으면 하는 쓸쓸함도, 인간으로서 느끼는 원초적인 고독감도 아니다. 그냥 잠깐이라도 낯선 누군가와 조우하고 싶을 때 찾아오는 외로움이다. 내 얘기를 들어줄 누군가가 있었으면 좋겠는데, 그게 나를 잘 아는 사람도 또 나를 이해할 준비가 된 사람도 아니었으면 하는 마음. 말 그대로 낯선 누군가와 대화하고 싶은 마음이다.

며칠 전 나는 또 그놈의 외로움 병에 시달리고 있었다. 그러다 문득 떠오른 것이 채팅이었다. 그래, 과거에는 PC 채팅이 있었더랬지. 고릿적 나우누리, 하이텔 같은 것도 있었지만 내가 제일 많이 사용한 것은 상대방의 이메일 주소를 알아야 채팅이 가능한 MSN 메신저였다.

비록 메신저의 시대는 저물었지만 지금도 그 비슷한 게 있지 않을까 싶어 컴퓨터를 켜고 검색창에 '채팅'이라고 쳤다. 수많은 채팅 사이트가 우르르 떴다. 그런데 아무리 찾아봐도 내가 원하는 성격의 사이트는 없었다. 전부 남녀 간의 만남을 목적으로, 사는 지역을 기반으로 지금 당장 만날 수 있는 확률이 높은 사람을 찾아주는 서비스를 제공하고 있었다. 가입을 하면 요금을 지불해야 하는 것들뿐이었고, 성별부터 키, 나이, 몸무게, 직업 등을 비교적 자세하게 적어야 채팅을 할 수 있었다. 예전처럼 컴퓨터에 인터넷만 연결되어 있으면 서로에 대해 알지 못하는 사람들이 대화할 수 있는 시대는 막을 내린 것이다.

내게는 채팅에 대한 환상이 하나 있다. 때는 2002년 월드컵이었다. 온 나라가 붉지 않으면 대한민국 국민이 아니라는 분위기였고, 그런 분위기 속에서 축구에 그다지 관심이 없던 나는 마치 섬처럼 둥둥 떠 있었다. 그때 내가 한창 재미를 붙였던 것이 모 서점 사이트에서 하는 책 서평 쓰기였다. 바쁜 직장인으로 살 때였지만, 업무 특성상 사무실도 상사들과 따로 썼고 일 자체도 맘만 먹고 몰아서 하면 하루 한두 시간이면 끝낼 수 있었다. 그래서 오전에 바짝 일한 후 오후에는 주로 책을 읽고 서평을 쓰는 데 대부분의 시간을 보내곤 했다. 그때 꽤 많은 서평을 올렸던지라 그 사이트에서 인터뷰 비슷한 것을 했다. 간단한 내 프로필과 이메일이 인터뷰에 함께 들어갔는데, MSN 사용자였던 나는 공개된 이메일 덕분에 꽤 많은 사람과 대화를 할 수 있게 되었다. 내가 여자인 만큼 대개는 남자들이 말을 걸어왔다. 불특정 다수의 사람들이긴 했지만, 일단은 '책을 좋아한다'

는 조건이 필터링 기능을 했는지 아주 이상한 사람이 말을 걸어오지는 않았다.

그중에서 특히 마음에 드는 한 사람이 있었다. 외국에 사는 터라 만나자고 할 일이 없고, 여자친구도 있어서 내게 연애 감정을 품을 일도 없고, 나와는 다른 분야에 종사하고 있어서 내게 새로운 세계를 엿볼 수 있게 해줄 사람이었다. 그는 런던에 살고 있었고 인터넷 서점을 통해 한국 책을 구입하다가 내 인터뷰를 본 모양이었다. 그 사람은 한 달에 한 번씩 런던의 전경을 찍어서 포토샵으로 달력을 만들어 보내주었다. 그러면 나는 그걸 컴퓨터 바탕화면에 깔거나 인터넷 서점 내의 블로그를 통해 원하는 사람들에게 나눠주기도 했다.

그 사람과의 대화는 꽤 좋았다. '썸'의 가능성이 애초에 차단된 남녀의 대화가 이렇게 유쾌할 수도 있다는 것을 그 사람을 통해 알았다. 그와는 거의 십 년이 넘게 계속 메신저 친구로 남았다. 그동안 그가 한국에 들어왔지만 우리는 애초의 규칙을 지키기 위해, 또 관계가 변질되는 것을 원치 않았기 때문에 만나지는 않았다. 그사이 그는 결혼을 해서

쌍둥이의 아빠가 되었지만 우리의 관계에 달라진 점은 없었다. 이성이 아닌 인간 대 인간의 만남이었으므로.

그와의 대화는 따로 시간을 정해두거나 어떤 약속을 하지 않고 메신저를 켜두었을 때 누군가 먼저 말을 걸면 그것으로 시작이었다. 아무래도 시차가 있었기 때문에 학생인 그를 배려해서 주로 한국이 밤 시간이었을 때 이루어졌다. 대화의 주제는 딱히 없었다.

나는 지금도 외롭다는 생각이 들거나 조금 심심하다 싶으면 그때 나누었던 대화들을 떠올린다. 삶에 쓸모라고는 조금도 없었을지 모르지만 그와 나눈 이야기를 통해 나는 많은 것들을 느끼고 생각했다. 만약 소울메이트(soulmate)라는 것이 있다면 그와 나의 관계를 두고 하는 말이 아닐까 싶었다. 물리적으로는 서로 아무것도 닿아 있지 않았고 심지어 서로의 생김새나 목소리도 모르지만, 그 외 다른 부분은 마치 오래된 친구처럼 서로에 대해 속속들이 알았다. 어떤 걸 좋아하는지, 무엇을 추구하며 사는지, 삶에 있어 정말 중요한 것은 무엇이라고 생각하는지. 남들이 보기엔 현실성이라고는 조금도 없는 뜬구름 잡는 이야기들인지도 모르겠다.

하지만 우리는 나름 진지하게 대화를 이어갔다.

우리가 서로에게 남자와 여자였더라면 그렇게 오래가지 못했을 것이다. 하지만 우리는 서로에게 그저 인간이고 싶었다. 나를 잘 모르긴 하지만 알아가는 수고는 기꺼이 할 수 있는 사람, 하지만 내가 굳이 알려주고 싶지 않은 것까지는 캐묻지 않는 사람, 선을 넘지도 않고 상대가 선을 넘지도 않게 할 수 있는 사람. 그와 연결이 되었던 시간에는 분명 조금도 외롭지 않았다. 물론 누군가와 만나고 헤어지고 때로는 곁에 나를 사랑하는 사람이 함께 있어주면 좋겠다는 바람까지 해결된 것은 아니지만, 그래도 마음 어딘가에 자리 잡고 있던 허전함은 느끼지 않고 살던 시간이었다.

지금도 나는 그런 사람이 있었으면 좋겠다. 상대가 여자든 남자든 상관없다. 나와 어떤 부분은 닮아 있기도 하고 또 어떤 부분은 아주 다른 사람, 글로 자기 생각과 마음을 표현할 수 있는 사람, 해서 행간의 숨은 의미와 뉘앙스를 읽을 수 있는 사람, 내가 보는 방식과는 다른 방식으로 사물을 보는 사람, 나와 전혀 다른 분야의 일을 하고 있어서 내가 그에 대해 잘 모르면 친절하게 알려줄 수 있는 사람이라면 더 좋다.

가끔 늦은 밤이면 맞은편 아파트 베란다에 몇 집이나 불이 켜져 있는지 헤아려본다. 그리고 그 속의 누군가를 상상한다. 대체 그는 혹은 그녀는 왜 잠을 이루지 못하는 걸까? 혹시 나처럼 외로워서, 또 나처럼 누군가와 닿기를 기다리고 있어서는 아닐까 하고 생각해본다.

이제는 너무 시대에 뒤처져버린 바람인지는 모르지만 나는 아직도 기다린다. 나를 잘 모르고 나도 잘 몰라서 서로 조금씩 알아갈 수 있는, 굳이 친구나 다른 무언가로 이름 붙이지 않아도 되는 그런 사람과 외로운 밤에 아주 잠깐씩이라도 대화할 수 있기를 말이다.

간혹 내 주변 여자들은 이런 얘길 하곤 한다. 길 가다가 갑자기 교통사고가 날지도 모르기 때문에 자기는 꼭 속옷에 신경을 쓴다고. 남자친구나 남편 때문도 아니고 교통사고 때문이라니? 남자들은 의아해할지 모르겠지만 여자들은 십분 공감할 것이다. 그건 혹여 사고가 나 수술을 받아야 하는 상황에서 누군가 내 속옷을 봤을 때 그리 흉하지 않았으면 하는 바람이다. 드라마에서 흔히 나오는 '이건 내 마지막 자존심이에요' 같은 얘기다. 어떤 순간에도 최소한의 품위는 잃고 싶지 않다는 것.

　나 역시 속옷 공포라고 해야 하나 홈웨어 공포라고 해야 하나, 아무튼 그런 것이 있다. 집에 혼자 있다가 갑자기 큰 일을 당했을 때 누군가 나를 구하러 들어온다면 내 모습을 적나라하게 볼 텐데…. 그게 화재현장이어서 구출 장면이 아홉 시 뉴스에 나올지도 모르는데, 그때 전 국민이 나의 후줄근한 모습을 생중계로 보길 원하지는 않는다. 해서 속 옷도 속옷이지만 일단 겉으로 제일 먼저 보이는 홈웨어에 꽤 신경을 쓰는 편이다. 밖에서 입는 외출복은 보세도 입고 메이커도 입고 닥치는 대로 내 체형과 주머니 사정에 따르 지만, 홈웨어만큼은 꽤 고가의 브랜드를 입는다(사실 그 돈이 면 외출복이 몇 개, 이런 식의 계산도 가능하겠지만, 집에서 많은 시간 을 보내는 사람에게는 어쩌다 한 번 입는 외출복보다 늘 입는 홈웨어 가 더 중요할 수도 있다).

어느 날의 일이다. 홈웨어는 고사하고 속옷조차 아무 소 용이 없는 일이 벌어졌다. 욕실에서 쓰러진 것이다. 욕조에 서 나와 수건을 잡으려는데 그만 바닥의 물기 때문에 미끄 러져 넘어졌다. 기절까지는 하지 않았지만 어디를 어떻게 다쳤는지 꼼짝도 하지 못해 이러다가 여기서 인생을 마감

하는 거 아닌가 싶었다.

다행히도 목욕 직전에 누군가와 통화를 하느라 핸드폰을 욕실 안에 두었다. 몇 번의 비명과 갖은 꿈틀거림 끝에 간신히 핸드폰을 손에 넣었다. 문제는 어디다 전화를 해야 하는가였다. 제일 먼저 떠오른 것은 내 알몸을 봐도 괜찮을 가족과 남자친구였지만 그들은 의학 상식이 전혀 없는 일반인이었다. 지금 내 몸 상태로 봐서는 어디가 부러졌을지도 모르는데, 이런 나를 옮긴답시고 번쩍 들어 올리기라도 한다면 큰일이 날 수도 있겠다 싶었다.

어쩔 수 없이 119에 전화를 했다. 거의 다 죽어가는 목소리로 집 주소와 집 안에서 내가 쓰러져 있는 위치를 설명했다. 그랬더니 수화기 너머 들리는 구원의 목소리. "여자 대원을 보낼 테니 안심하세요." 그랬다. 전화를 받은 분은 같은 여자로서 굳이 말하지 않아도 지금 내가 뭘 걱정하는지, 내게 안전 못지않게 염려스러운 문제가 뭔지 알고 있었다.

잠시 후 "들어가겠습니다" 하고 큰소리로 누군가 말했다. 여자 대원은 들어와서 제일 먼저 욕실 선반의 수건을 펼쳐서 내 몸을 덮어주었다. 그와 동시에 어디가 불편한지 어떻게 넘어졌는지를 물었다. 그녀의 배려 덕분에 비교적 상세하게 상태를 설명할 수 있었다. 뒤이어 옷방의 위치를 파악한 다른 여자 구급대원이 적당한 옷가지를 가지고 와서 내게 속옷부터 차근차근 입혀주었다. 나도 몸을 움직일 수 있는 한 최대로 움직여 협조를 아끼지 않았음은 물론이다. 옷을 다 입히자 드디어 그녀는 밖에 서 있던 남자 대원들을 불렀고, 나는 들것에 실려 무사히 병원으로 갈 수 있었다.

그 이후 병원에서 치료받은 과정은 특별하게 기억에 남는 게 없지만, 병원에 가기 전까지의 과정은 매우 상세하게 기억이 난다. 겨울이었기 때문에 꽤 많은 옷을 입혀야 했음에도 불구하고, 그 여자 대원은 어느 하나 빠짐없이 마지막 패딩 코트까지 입혀주고 (실은 거의 덮어준 것에 가까웠지만) 작은 가방에 핸드폰과 지갑까지 챙겨줬다. 덕분에 나는 가족들의 도움 없이도 입원비를 계산했으며 필요한 사람들에게 연락도 할 수 있었다. 그리고 한동안 이 이야기를 완전히 잊고 살았다.

그런데 며칠 전 누군가와 수다를 떨다가 우연히 이 얘기를 꺼냈다. 나는 상대가 웃길 바라며 이야기했는데, 사뭇 다른 반응이 돌아왔다. 이건 혼자 사는 여자는 물론이고 더 나아가 모든 여자가 알아야 할 얘기인 것 같다고 했다. 살다 보면 누구나 이런 사고를 겪을 수 있다. 그렇지만 이 얘기를 좀 더 많은 사람이 듣는다면, 그때 머릿속을 스쳐 갈 오만가지 걱정에서 조금이나마 놓여날 수 있지 않을까. 맞는 말이었다. 그래서 나는 창피함을 무릅쓰고 이 얘기를 쓰고 있다. 혼자 샤워하다 쓰러져 119를 부른 이야기를 쓰게 될 줄이야.

　그때 전화를 받은 119 대원이 여자 대원이 갈 거니까 안심하라는 말을 해주지 않았으면, 나는 누가 들어올지 몰라서 어떻게든 내 몸을 가리려고 무리하게 움직였을지도 모른다. 119 여자 대원이 들어오자마자 큰 타월로 내 몸을 가려주는 동시에 질문을 하기 시작한 것은 또 얼마나 다행이었는가. 만약 그녀가 대뜸 어디가 불편하냐, 어떻게 넘어졌느냐는 질문부터 퍼부어댔다면, 난 알몸이 너무 신경이 쓰여서 제대로 대답도 못 했을 것이다. 그리고 옷을 입혀줄 때는 또 어땠는가. 그녀는 최대한 시선을 다른 곳에 두었고 속옷을 입힐 때는 아예 고개를 돌려주었다. 정말이지 그 순간 아파서가 아니라 그 배려가 고마워서 눈물이 다 날 뻔했다.

어디를 다쳤는지 알 수 없어 무섭기도 하고 아프기도 했지만, 의식이 있는 내가 그보다 더 신경이 쓰였던 것은 현재 내가 알몸으로 있다는 사실이었다. 그리고 그 119 여자 대원은 그것을 너무나 잘 알고 있었다. 결과적으로 나는 잘 치료받고 마치 내 발로 병원을 걸어 들어간 것처럼 멀쩡한 모습으로 다시 집으로 돌아올 수 있었다.

그날의 경험 덕분에 세상에는 작지만 꼭 필요한 배려들이 수없이 많다는 것을 알았다. 내가 겪은 저 119 여자 대원의 행동은 단순히 여자라는 성별에 따른 세심함이나 여자끼리의 배려라기보다는 매뉴얼에 따른 것이라는 느낌이 들었다. 실제 저런 매뉴얼이 있는지 없는지는 나도 잘 모른다. 단지 내가 운이 좋아서 그 여성 대원을 만났고, 그녀가 기지를 발휘해서 내게 꼭 필요한 배려를 해주었을 수도 있다.

이건 좀 다른 얘긴지도 모르겠지만, 내 친구 하나는 아이를 낳고 나서 이렇게 말했다. 출산에 따른 모든 과정이 아기 위주여서 아기를 낳는 주체인 산모에 대한 배려는 아예 없다시피 한 것 같다고. 출산을 하는 당시에는 사실 너무 아파서 생각할 겨를조차 없었지만, 아기를 낳고 나니 앞에서 캠코더를 들이대고 있는 남편과 반나체 상태의 자기 모습이 눈에 들어오더라고….

그때부터 어쩌면 여자로서 혹은 한 인간으로서 자기 자신은 사라지고 오직 모성애와 한 아이의 엄마만 고스란히 남는 것 아닌가 하는 불안감이 엄습했단다. 그러나 가족들 모두가 새 생명 탄생에 감격하는 그 순간에 그 불안감을 티 낼 수는 없었다고 한다. 그 와중에 간호사는 아직 핏기도 제대로 가시지 않은 아기를 데리고 와서는 젖을 물리겠냐고 물었다고 했다.

하체를 드러낸 것만으로도 이미 너무 신경이 쓰이고, 창피함을 넘어 한 인간으로서 존엄성에 심각한 타격을 입은 느낌이 드는 지경인데, 상체마저 열어젖혀야 하니 친구는 난감하기 이를 데 없었다. 아이가 지금 당장 젖을 먹지 않으면 큰일이 나는 것도 아닌 상황에서 굳이 그렇게까지 해야 하나 싶어 해도 너무하는구나 하는 생각이 들었단다.

나는 친구의 말에 백번 공감했다. 타고난 모성도 좋고 학습된 모성도 다 좋지만, 그 이전에 우리는 여자고 또 사람이다. 내 모습을 어떻게 보일 것인지, 또 어디까지 보일 것인지 정하는 것은 우리 자신이어야 한다.

우리의 마지막 자존심을 지켜주는 것은 커다란 무언가가 아닌 아주 사소하고 작은 것인지도 모른다. 의식을 잃고 쓰러져서 당장 응급수술에 들어가야 하는 상황에서조차 우린 우리의 속옷이 멀쩡하기를 바라고, 들것에 실려 가더라도 옷차림은 후줄근하지 않게 갖춰 입고 싶어 한다. 그리고 목숨을 걸고 한 생명을 낳는 숭엄한 순간에도 우리의 몸을 어디까지 오픈할지에 대한 결정권이 필요하다. 큰 상황에 비하자면 별것 아닌 것으로 치부할 수도 있겠지만, 그 아무것도 아닌 것이 결국은 나를 그리고 내 친구들을 인간답게도 또 인간답지 못하게도 느끼게 한다.

혹시 살면서 누군가를 도울 일이 있다면 나는 꼭 디테일하고 작은 것들을 챙길 생각이다. 그건 어쩌면 별일 아닌 것처럼 보여도, 누군가의 마지막 자존심을 지켜줄 수도 있는 아주 중요한 일일 수도 있을 테니 말이다.

사람 '人(인)' 자를 처음 배웠을 때 선생님이 해주신 말씀
이 기억난다. 이 글자는 사람 둘이 서로 기대어 있는 형상
을 본 따 만든 것으로, 그 의미는 사람은 혼자서는 살 수 없
음을 뜻한다고 했다.

　어떻게 보면 인간은 관계 속에서 태어나 평생 관계를 맺
고 유지하고 끊으면서 살아가는지도 모르겠다. 누군가의
딸 혹은 아들로 태어나서 형제자매가 생기고, 유치원에 들
어가면서 처음으로 혈연이 아닌 또래와 관계 맺기를 시작
한다. 이후 의무교육인 고등학교 때까지 끊임없이 교우관
계를 맺어오다가 대학생이 되면 조금 더 폭넓은 인간관계

를 맺는다. 배움의 과정인 학교생활을 모두 마치고 나면, 그다음부터는 진짜 사회인으로서 타인들과 관계를 맺는다. 그동안의 관계들이 이익과 직접적인 관련이 없는, 주로 우정과 연관된 것이었다면 이때부터는 서로의 이익과 이해가 얽힌 인간관계를 맺게 된다. 좌우로 넓었던 관계들이 처음으로 수직으로 배열되기 시작하면서 상사, 동료, 부하직원 등으로 위아래가 생긴다.

어디 그뿐이겠는가. 사회생활을 시작하고 난 다음부터도 우리는 계속해서 우정과 관련된 관계를 맺고, 소위 말해 인간관계의 집약체라 할 수 있는 연애를 통해 지금까지와는 좀 결이 다른 관계를 경험한다.

한두 가지 예외가 있거나 혹은 순서가 조금 바뀔 수는 있겠지만, 우리는 엄마 배 속에서 나오는 그 순간부터 지금까지 끊임없이 사람들과 관계를 맺어왔다. 이렇게 보자면 사실 우리는 모두 인간관계에 대해 반 전문가쯤은 되어야 하지만, 실제 그렇지는 못하다. 많은 사람이 나이가 들어서도 각종 관계를 맺는 데 여전히 서툴고 때로는 상처를 받고 상처를 주기도 한다.

나 역시 앞서 나열한 것들과 비슷한 코스로 인간관계를 맺어왔다. 초등학교에 입학해서는 처음으로 단짝 친구들이 생겼고, 대학에 입학하고 난 이후에는 사랑하는 사람도 생겼다. 취업을 하고 나서 직장 상사의 온갖 갑질 때문에 힘들어하기도 했고, 평생 갈 것 같던 친구들이 떨어져 나가는 일도 겪었으며, 이 사람과 헤어져도 살 수 있을까 싶은 사람과 이별하고 오랫동안 가슴앓이한 적도 많았다.

누군가 나에게 인간관계에 관해 묻는다면, 나는 그것만큼 세상에서 어렵고 힘든 일은 없다고 답하겠다. 내가 내성적인 성격이 아니고 마음을 열고 친해지기까지 시간이 오래 걸리는 사람이 아님에도 불구하고, 나는 인간관계를 맺고 유지하고 끊는 데 대단히 많은 에너지가 필요하다.

마흔이 넘어서부터 비슷한 또래의 사람들이 인간관계에 상당히 지쳐 있음을 알게 되었다. 일례로 삼십 대까지만 하더라도 이성을 소개해달라고 조르던 지인들이 사십 대가 되면서부터는 소개를 해준다고 해도 전부 지금 이대로가 편하고 좋다며 거절했다. 결혼하지 않았다면 평생 연애하는 것이 당연하다고 생각했던 지인들조차도 마흔 넘어 새삼스럽게 누군가와 관계를 맺는 것을 부담스러워하고 귀찮아했다.

어떻게 보면 이건 단지 나이가 들어 게을러진 탓만은 아니다. 마흔이 되었다고 해서 삼십 대 때와 크게 달라진 삶을 살지 않을뿐더러 하던 것을 못 하거나 안 할 정도로 육체적 변화를 극심하게 겪지도 않는다.

그럼에도 불구하고 저들이 새로운 관계를 맺는 데 주저하는 이유는 관계가 바로 마음의 문제이기 때문이다. 마음이란 참 이상해서 상처를 많이 받고 경험치가 쌓인다고 굳은살이 박이거나 혜안이 생겨서 겪어도 무뎌지거나 겪지 않아도 훤히 다 보이는 게 아니다. 마흔이 넘어 새로운 인간관계를 더는 맺으려고 하지 않는 것은 필요 없거나 귀찮아서가 아니라, 여태까지 인간관계를 통해 받은 상처들이 켜켜이 쌓여서 거기에 상처를 더하고 싶지 않아서다. 이게 솔직한 심정일 것이다.

처음 인간관계를 맺을 때는 사실 그 관계가 틀어질 때 오는 상처나 고통을 미리 염두에 두지 않는다. 그러나 마흔쯤 되면 경험을 통해 안다. 별문제 없이 유지되는 관계란

하늘의 별만큼이나 손에 넣기 어렵다는 사실을.

특히 이 나이의 지인들이 인간관계에 가장 좌절할 때는 가족과의 관계가 힘들어졌을 때다. 혈연으로 맺어졌음에도 가족이 외려 남보다 더 못할 때도 있고, 깊은 관계이니만큼 틀어지면 다른 인간관계와는 비교가 되지 않을 정도로 나를 깊게 찌를 수 있다.

이렇게 가족들과의 관계조차 내 마음처럼 되지 않는데, 타인과는 더 볼 것도 없다는 생각이 들기도 한다. 하지만 감히 장담하건대 가족, 친구, 동료, 연인 등 대부분 인간관계에서 별 탈 없이 잘 지내는 사람은 정말 드물다. 가족과는 잘 지내도 직장에서 인간관계로 힘들어하는 사람이 있는가 하면 반대의 경우도 얼마든지 있다. 더 정확하게 말하자면, 관계에서 오는 어려움은 그 사람이 어떤 사람이냐의 문제이지 그 사람과 내가 어떤 종류의 인간관계를 맺고 있느냐의 문제가 아니다.

가끔 뉴스를 통해 고독사하는 중장년층의 이야기를 전해 들을 때마다 그들은 어쩌면 삶이 아니라 인간관계가 힘든 사람들이 아니었을까 생각한다. 고독사하지 않기 위해 누구든 만나 어떻게든 관계를 맺으라는 얘기가 아니다. 다만 관계를 맺는다는 것은 우리가 살아가는 데 필연적인 일이라는 말이다. 아무리 혼밥, 혼술이 유행이라 하더라도, 그것은 쓸데없는 인간관계에 스트레스를 받느니 혼자 시간을 보내는 쪽을 택하는 사람들이 많아졌다는 뜻일 뿐이다. 사람이란 원래 인간관계가 다 사라져도 혼자 잘 먹고 잘 살고 심지어 술도 한 잔 잘 걸칠 수 있다는 얘기가 아니다.

마흔이 되면서 한 가지 결심한 게 있다. 끊어지는 관계에 대해 너무 애달파하지 말자는 것이다. 사실 관계가 사라지는 것은 두려운 일이다. 내 마음의 한 부분을 차지했던 사람이 사라지고 나면 그 자리가 어떤 자리였든 허전하고 쓸쓸하다. 그렇다고 해서 관계가 끝날 것을 염려한 나머지 상대에게 무조건 다 맞춰줄 수도 없는 일이다. 그리고 관계가 끝날 때마다 어쩌면 나에게 문제가 있어 사람들이 떠나가는 것인지도 모른다는 자책도 더는 하지 않기로 했다. 그 관계가 끝났음을 받아들이고, 빨리 상실감에서 빠져나오는 것이 중요한 일임을 알게 되었다.

새로운 관계를 맺을 때, 상처받을 것에 대한 염려나 걱정을 내려놓으면 인간관계를 맺는 일이 그리 어렵지 않다. 여태까지 떠난 사람들을 떠올리며 이 관계도 언젠가는 끝나겠거니 하면서, 결국 끝에 가면 다 무의미하다고 생각하는 것이 새로운 관계 맺기를 가로막는다. 하지만 관계가 꼭 영원하거나 오래가야 진짜일까. 어쩌면 사람 '인(人)' 자에서 기대어 있는 두 사람은 서로서로 계속해서 파트너를 바꾸며 서 있는 건지도 모른다. 검은 머리 파 뿌리가 될 때까지 기쁠 때나 슬플 때나 아플 때나 늘 함께하겠다고 수많은 사람 앞에서 서약한 결혼조차도 깨어지는 일이 있는 마당에 안 깨어지는 인간관계란 게 어디 있겠는가.

해서 나는 새로운 사람을 만날 때면 항상 이런 생각을 한다. 이 사람과의 인연이 어디까지인지는 모르겠지만 나와 잘 맞는 사람이라면 맞는 그동안에 서로 잘 지내봐야겠다고. 그게 친구든 연인이든 지인이든 간에.

나도 한때는 관계의 깊이보다 양적 팽창에 골몰한 적이 있다. 핸드폰에 얼마나 많은 사람의 이름이 저장되어 있는지, 얼마나 많은 사람의 명함을 가지고 있는지가 마치 인간관계가 원만한 사람의 기준처럼 생각되었다. 일단 많은 사람과 관계를 맺고 있다는 것이 나 자신이 그만큼 그들에게 매력적으로 어필한다는 방증이라고 생각했고, 이렇게나 많은 사람을 알고 지내는 나라는 인간은 썩 괜찮은 사람처럼 보일 거라 믿었다.

물론 많은 사람을 알고 지내면 협소한 인간관계를 지닌 사람보다 삶이 풍성해 보일 수는 있다. 하지만 너무 많은 사람과 알고 지내다 보면 정작 한 사람 한 사람과 제대로 된 관계를 맺는 데 시간적, 물리적 제약이 따른다.

나는 이제 인간관계에서 아무것도 추구하거나 꾀하지 않는다. 그냥 수없이 많은 사람 중에 마음 맞는 사람들이 나와 닿았다는 것 자체로 감사하다. 지금 당장은 내 곁에 샴쌍둥이처럼 바짝 붙어 있는 사람이라 하더라도 사정에 따라 상황에 따라 얼마든지 다시 아무런 인연도 상관도 없던 때로 돌아갈 수 있다는 사실도 받아들인다.

어느 시인이 말했던가. 단 한 번도 상처받지 않은 것처럼 관계를 맺고 유지하고 끊으라고.

아직 우리는 혼자가 좋을 나이가 아니다. 아니, 어쩌면 우린 혼자가 좋을 나이는 다 지났는지도 모른다. 오롯이 혼자 하는 삶이란 내 젊음 하나만으로도 그 에너지가 차고 넘치던 이십 대에나 괜찮은 것인지도 모른다. 지금 우리에게는 사람 '人' 자처럼 기댈 누군가가 필요하다. 그게 어떤 이름의 어떤 관계든 간에 서로 마음을 나누고 정을 나누고 하다못해 잡담이라도 나눌 존재가 필요하다. 그러니 마흔의 그대, 벌써 인간관계를 두고 지치거나 포기하지 말았으면 좋겠다. 우리는 아직 살아갈 날들이 살아온 날들보다 더 많이 남은 사람들이다. 그리고 제대로 된 관계는 언제 어디서 어떻게 찾아올지 아무도 모른다.

자신이 누군가를 사랑하고 있다는 것을 어떻게 확신할까. 나는 그 사람을 생각할 때 눈물이 나면 그럴 때 '아, 난 이 사람을 사랑하고 있구나' 하고 느낀다. 물론 그가 나를 울게 한다거나 혹은 누군가 울어줘야 할 만큼 불행한 일을 겪고 있는 경우는 제외다. 그건 상황 때문일 뿐이다.

그 사람으로 인해 눈물이 난다는 것은 내가 보지 못했고 듣지 못했던 그 모든 순간을 살아냈을 그의 시간과 노력 혹은 애씀을 알기 때문이다. 정작 상대는 자신의 지난 시간이 아무렇지 않을 수도 있다. 오히려 잘 먹고 잘살았노라, 이만하면 내 인생은 참 괜찮았노라 말할 수도 있다. 그러나 나는 실제 고생이나 고통만을 이야기하는 것이 아니다. 인간이 인간으로 살기 위한 그 모든 수고로움, 그리고 세월이라고 부를 만한 시간을 견디고 살아온 데 대해 안쓰러움을 느끼는 것이다. 허약하기 그지없는 사람의 마음을 가지고 불완전하기 짝이 없는 인간들이 만들어놓은 세상을 살면서 단 한 조각의 상처도 없이 살기란 불가능에 가깝다.

어느 날, 사귀던 남자친구가 잠들어 있었고 나는 잠든 그에게 안겨 있었다. 그가 이미 잠들었으므로 나도 가만히 안겨 잠이 들기를 기다렸다. 그러다 갑자기 눈물이 흘렀다. 아무 이유가 없었다. 잠들기 전까지 그와 나는 우리가 여태 하던 평범한 데이트를 하고, 그날따라 무슨 바람이 불었는지 좀처럼 보지 않던 TV를 틀어 코미디 프로그램을 낄낄거리며 함께 보고 잠자리에 든 참이었다. 그는 나를 슬프게도 속상하게도 하지 않았고, 곱게 자란 사람이라 딱히 불쌍해하거나 가엾게 여길 구석도 하나 없었다. 그럼에도 나는 그 사람의 마음이, 그 사람이, 그 사람의 모든 것이 가여워 견딜 수가 없었다.

누군가를 사랑하게 되면 흘리는 눈물, 내가 포함된 무언가가 아닌 그 사람 자체로 눈물이 나는 것. 사랑이란 내게 이런 식으로 증명된다. 인간은 다 가여운 존재지만, 특히나 사랑하는 사람은 더 가엾다. 그들을 가여워할 그 어떤 자격도 내겐 없지만 그냥 눈물이 흐른다. 뜬금없이, 그리고 느닷없이.

핸드폰에 이천 개가 넘는 전화번호가 저장되어 있다며 자신의 인맥을 자랑하는 이가 있었다. 하루도 거르지 않고 매일 한 명씩 만난다고 쳐도 이천 명을 다 만나려면 대체 몇 년이 걸릴까.

또 어떤 사람은 꽤 자주 보는 사람만 이백 명이라고 했다. 개인 대 개인으로 만나는 것은 물론이고 모임에서 다 함께 보는 경우까지 합쳐서 이백 명이었다. 그 사람은 일 년 365일 중 사람을 만나지 않는 날이 거의 없었고, 하루에 약속 두 개 정도는 기본이었다.

전자는 그냥 전화번호를 교환했거나 혹은 한 번 정도 연

락을 주고받은 사람들을 모두 저장해서 나온 숫자고, 후자
는 그나마 이름과 얼굴 정도는 확실하게 기억하는 사람들
을 저장한 게 아닐까 짐작한다.

사실 마흔 정도 되면 기존에 알던 인간관계만 하더라도
그 수가 꽤 된다. 거기다 일 때문이든 뭐든 새로운 사람들
이 계속 추가된다. 하지만 과거 친밀하게 지내던 사람들도
이런저런 이유로 서로 연락이 뜸해지거나 아예 끊기는 일
이 생기므로 숫자만 늘어날 뿐, 사실상 마음을 주고받는 사
람들이 큰 폭으로 증가하지는 않는다.

마흔 무렵에 몇 명과 인간관계를 맺고 있어야 적당한 것
인지는 잘 모르겠지만, 내 경우 핸드폰에 저장된 사람은 백
명이 채 안 된다. 물론 계속 추가되지만 한 번씩 핸드폰 주
소록을 열고 연락처 저장만 되어 있을 뿐 서로 연락하지 않
는 사람들을 지속적으로 지워가기 때문에, 언제나 숫자는
백여 명 언저리를 맴돈다. 가끔은 연락처를 지워버린 사람
중 하나에게 나중에 연락할 일이 생겨 당황할 때도 있다.
하지만 언제부턴가 나는 의미 없는 숫자 늘리기에는 관심
이 없어졌다. 양보다는 관계의 질을 중요시하게 된 것이다.

나는 가족들과의 관계가 그리 원만하지 못한 데서 오는 일종의 콤플렉스가 있다. 타인만도 못한 가족들은 차라리 연락을 끊고 사는 것이 속 편하다는 결론 아래 그들과 상관없이 지내는 내가 쿨하게 느껴진 적도 있었다. 딱 삼십 대까지 그랬다. 그 이후로는 주변 사람들이 가족들과 잘 지내는 모습을 보면 무척 부러웠다. 물론 순전히 가족들과 잘 지내기 위해 나를 희생하는 것은 바보 같은 일이지만 어쩐지 마음 한구석에는 이런 생각도 있었다. 나 하나만 양보하면, 나만 좀 참으면, 나도 남들처럼 가족과 친밀한 관계를 유지할 수 있지 않을까.

이런 콤플렉스가 있다 보니 나는 타인과 관계를 맺을 때 그 사람들이 나의 허전한 부분을 채워주기를, 그 사람에게 내가 큰 의미가 있는 존재이기를 바랐다. 그러다 보니 자꾸 무리하게 되었고, 결국 그 무리수들이 모여 인간관계는 점점 힘들어지기만 했다.

이런 상황에 지쳐갈 무렵, 새로운 관계를 맺는 과정에서 '나'라는 인간에 대해 말해주고 알려주려고 애쓰는 일이 부질없게 느껴졌다. 그래서 마치 연극을 하듯 가면을 쓰고 사람들을 대했다. 늘 먼저 다가가고 많은 이야기를 나누는 내가 아닌, 낯을 가리고 사람들을 피하며 혼자 조용히 지내는 나로.

그러자 믿을 수 없게도, 이십 대 중반 즈음에 들어간 직장에서 삼 년 동안 사람들은 나를 낯을 가리는 조용한 사람으로 생각했다. 회사에서 나는 누구와도 마음을 주고받지 않았고 친하게 지내지도 않았다. 그들은 나를 수줍음 많고 사람들 많은 곳에 잘 가지 않는 조용한 사람이라 여겼다. 하지만 퇴사를 하는 날, 마지막 송별회에서 나는 끝내 참지 못하고 본모습을 다 보이고 말았다. 사람들이 〈식스 센스〉의 브루스 윌리스 이후 최대의 반전이라며 놀라워했다. 꽤 오랫동안 내가 아닌 나로 살았던 시간이었다.

솔직히 말하자면 나는 아직도 타인과 나 사이의 적당한 거리를 정확히 알고 있지 않다. 그 적당함이란 어떻게 만나 어떤 것을 함께하고 싶으냐에 따라 달라지는 것이기에, 또 사람마다 다 다르기에 외려 그때그때 임기응변처럼 대처해야 하는 것이기도 하다.

어쩌면 나는 죽을 때까지 어떻게 사람과 관계를 맺어야

할지, 그 관계를 유지하기 위해서 어떤 것을 해야 할지 고민할지도 모르겠다. 하지만 지금 내가 얻은 답은 그 모든 것에 진심일 것, 그러나 절대로 선을 넘지 않을 것이다. 간혹 진심을 전달하려다 보면 선을 넘는 수가 있다. 하지만 진심을 다하고 표현하되 그 사람의 영역까지 침범해서는 안 된다. 흔히 진심 어린 충고랍시고 하는 말, 다 너를 생각해서 하는 얘기라는 식의 말은 내뱉을 때 신중해야 한다. 하는 쪽에서 마음을 썼다는 이유만으로 받는 쪽에 충분히 상처가 될 수 있는 이야기들을 마음껏 해대는 것에 불과할 때도 많기 때문이다.

언젠가 한 정신과 의사와 이런 이야기를 한 적이 있다. 타인과의 적당한 거리를 유지하지 못한다면 그 관계는 실패한 관계라고. 적정한 거리가 30센티미터인지 1미터인지는 아무도 모른다. 설사 그런 거리가 있다 하더라도 절대적이지는 않을 것이다. 그러니 이미 알던 사람이든 새롭게 알게 된 사람이든 끊임없이 그와의 적당한 거리를 찾기 위해 노력할 수밖에. 지구와 달은 적정거리를 유지하기에 서로에게 영향은 주되 서로를 파괴하거나 서로에게 삼켜지지 않는다. 사람과 사람 사이 역시 지나치게 가까워서도 안 되고, 그렇다고 아예 서로의 영향권 밖으로 튕겨 날아가 버리지도 말아야 한다.

진심이 전달되는 정도의 거리, 그리고 서로에게 상처를 주지도 받지도 않을 거리가 필요하다. 적정한 거리 찾기는 어쩌면 눈 감는 그 순간까지 우리가 잠시도 쉬지 않고 계속해야 하는 일일 것이다.

4장

마흔의 삶,
지금 태도에 관하여

누군가는 이렇게 말했다. 산다는 것은 어쩌면 죽음에 한 발짝씩 다가가는 일이라고. 또 어떤 이는 말했다. 죽음은 언제나 우리 옆에 있지만 우리는 그걸 미처 자각하지 못한 채 천년만년 살 것처럼 산다고.

세상의 모든 생명체는 언젠가 죽음을 맞는다. 하지만 그 소멸의 날이 어디서 어떤 형식으로 올지는 아무도 알지 못한다. 내가 늘 말하듯 재수가 없으면 집 안에 가만히 있다가도 아파트 천장이 무너져 죽을 수도 있다. 거기에다 현대인들은 때로는 마치 이동식 무기고처럼 위험천만한 자동차, 기차, 비행기 같은 교통수단을 수시로 이용한다. 그런데도 우리는 죽음에 대해 별로 생각하지 않고 산다. 도로를 지나며 '오늘의 교통사고 사망자 ○○명' 같은 전광판을 봐도, 건물이 무너져서 몇 명의 사상자가 났다는 뉴스를 봐도 그때뿐이다. 그건 나와는 상관없는 남들의 죽음이다.

하지만 그렇게 살다가도 가끔 훅 하고 죽음을 느낄 때가 있다. 바로 주변의 무언가가 생명을 다하는 것을 지켜볼 때, 그리고 그 순간이 어떤 예고도 없이 마른하늘에 날벼락처럼 올 때, 우리는 죽음에 대해 절대 남의 일 정도로 가볍게 생각할 수 없다.

내가 처음으로 어렴풋하게나마 죽음을 느꼈던 것은 초등학교 2학년 때의 일이다. 친구들과 재잘거리며 하교하는데 어디선가 수없이 많은 '삐악삐악' 소리가 들렸다. 나와 친구들은 그 소리의 근원지를 찾아 우르르 몰려갔고 라면 박스 속에 담긴 작고 노란 병아리들을 만날 수 있었다. 저마다 "아아 진짜 귀엽다!"라며 감탄했다. 나 역시 입을 헤벌리고 병아리들을 쳐다봤다. 노랗고 작은 병아리들은 애들 말마따나 귀여워도 너무 귀여웠다. 그 귀여운 병아리들은 단돈 100원이었고, 나에게는 마침 그날 아침 용돈으로 받은 100원이 있었다.

그렇게 병아리는 우리 집으로 왔다. 엄마는 아파트에서 병아리를 키우는 것에 난색을 보였지만 나와 동생은 마치 영화 〈슈렉〉의 고양이 같은 눈을 하고 엄마를 설득하기 시작했다. 병아리 모이도 주고 물도 주고 상자도 매일 청소하는 것은 당연한 공약이었고 심지어는 반에서 1등을 하겠다, 앞으로 엄마가 시키는 심부름이라면 뭐든 다 하겠다는 공수표까지 남발했다. 이런 애원 끝에 우리는 병아리를 키울 수 있었다.

아침이면 병아리는 우리보다 훨씬 먼저 일어나서 삐악거렸다. 그러면 동생과 나는 잠옷 바람으로 일어나서 병아리를 상자에서 꺼내 운동을 시켜준답시고 이리저리 만지며 놀았다. 동생은 자기 잠옷 속에 병아리를 넣는 대범함까지 보여서 겁보인 나를 기함하게 했다.

원래 학교 앞에서 파는 병아리들은 아프거나 상태가 그다지 좋지 않아서 일찍 죽는다고 어른들은 말했다. 하지만 우리 병아리는 노란 좁쌀과 간장 종지에 담아준 물을 먹으며 하루하루 커갔다. 마침내 머리에 조그맣고 빨간 벼슬이 나기 시작했고 노랗던 깃털도 하얗게 바뀌었다.

그렇게만 큰다면 금방 닭이 될 것 같았다. 그러나 행복은 그리 길게 가지 못했다. 어느 순간부터 병아리가 시름시름 앓았다. 모이도 잘 먹지 않고 눈도 가늘게 뜨고 움직임도 거의 없었다. 그러나 아픈 병아리에게 뭘 어떻게 해줘야 하는지 우리 식구 중 누구도 아는 사람이 없었다. 그저 진통제를 곱게 빻아서 물에 개어 병아리에게 억지로 먹이는 것밖에는 달리 도리가 없었다. 사람이 먹는 약을 병아리가 먹는다고 나을 리 없지만 동물병원도 흔치 않았던 그때 우리가 할 수 있는 일은 그것밖에 없었다. 그렇게 사흘을 앓던 병아리는 끝내 영원히 숨을 멈춰버렸다. 나와 동생은 울음을 터뜨렸다. 이러다 탈진하는 거 아니냐며 부모님이 걱정할 정도로 울음을 멈추질 않았다.

태어나 처음 내 손으로 키운 한 생명의 죽음은 마치 세상이 반으로 쪼개지는 것 같은 슬픔이었다. 병아리가 죽기 전으로 시간을 되돌릴 수만 있다면 반에서 1등 아니라, 전교 1등이라도 할 수 있을 것 같았지만 한 번 온 죽음은 그걸로 끝이었다. 아무리 후회하고 어떤 대가를 치른다고 해도 죽음을 도로 물릴 방법은 없었다.

그리고 두 번째 죽음이 찾아왔다. 그건 병아리의 죽음으로 내가 얼마나 슬퍼했는지 까맣게 잊고 지내던 스물 몇 살 무렵이었다. 혼자 살고 있었고 직장에서 잘린 지 얼마 안 되어 잠시 내 삶이 암전된 것처럼 캄캄하게 느껴지던 때였다. 밥도 넘어가질 않았고 잠도 오지 않았다. 그렇게 며칠을 시체처럼 있다가 어느 날 문득 극심한 허기를 느꼈다. 당장이라도 입에 뭔가를 집어넣지 않으면 그대로 꼬꾸라질 것만 같았다. 슬리퍼를 신고 미친 듯이 슈퍼로 달려갔다. 라면과 달걀을 사고 소시지도 샀다. 평소 잘 먹지도 않는 초코파이도 샀다. 검은 비닐봉지를 들고 슈퍼 문을 나서 집으로 가는데 발아래 갈색의 작은 털 뭉치 같은 것이 보였다. 자세히 보니 태어난 지 얼마 안 되어 눈이라도 제대로 떴을까 싶게 어린 새끼 고양이의 시체였다.

고양이는 어미 배 속에서부터 곯았는지 바짝 말라서 손으로 쥐면 한 움큼도 안 될 만큼 작았다. 그 순간 나는 비닐봉지를 내려놓고 주저앉아 미친 듯이 울었다. 슈퍼 아줌마가 놀라서 뛰어나와 무슨 일이냐고 물었지만 아무 대답도 할 수 없었다. 키우지도 않았을뿐더러 한 번 본 적도 없던 고양이의 죽음 때문에 이렇게까지 운다는 게 나조차도 이 해가 가지 않았기 때문이다. 그저 이렇게 죽기에는 고양이 가 작아도 너무 작다는 생각만 들었다. 그렇게 한참을 울다 가 집으로 돌아와서 소시지와 초코파이를 먹었다. 누군가 는 죽어도 누군가는 살아서 먹어야 했다.

마지막 죽음은 병아리도 고양이도 아니었다. 그날 무슨 바람이 불었는지 딸기잼을 만들고 있었다. 딸기를 믹서에 갈고 설탕을 붓고 하는 과정은 꽤 재미있었다. 그걸 조리는 데 생각보다 시간이 오래 걸려 막 후회가 밀려오던 참에 엄 마에게서 전화가 걸려왔다. 엄마는 짧게 내 이름을 불렀다. 그리고 한참을 울먹거리더니 "나 이제 어떻게 사냐"라고 하셨다.

외할머니는 아무런 지병이 없으셨다. 그 나이의 노인들 이 보이기 마련인 노쇠함조차 없었고 새벽이면 동도 트기 전에 흰 수건을 머리에 둘러쓰고 밭으로 나가시는 양반이었다. 이제는 그만 쉬시라고 아무리 말려도 할머니는 마치 일하지 않으면 사는 이유가 없는 사람처럼 비가 오나 눈이 오나 일을 하셨다. 어쩌다가 우리가 사는 도시에 올라오셔도 마당에 고추를 널어놨네, 호박을 따야 하네 하는 이유로 이틀을 못 버티고 내려가시는 분이셨다.

할머니는 옛날 사람이라서 남아선호 사상이 뿌리 깊게 박힌 분이셨다. 그럼에도 불구하고 할머니가 살아생전 가장 아끼는 손주는 나였다. 어떤 손자와 손녀가 태어나도 그저 데면데면하셨지만 내가 태어났을 때만큼은 달랐다고 했다. 눈이 까맣다며 엉덩이를 톡톡 쳐주고는 내가 누워 있는 모습을 한참이나 바라보셨단다.

할머니가 나를 특별히 예뻐하신 것은 나도 잘 알고 있었다. 할머니가 광에 고이 모셔둔 곶감이나 유과를 쥐여주는 아이는 또래의 고만고만한 외가 손자 손녀 중에서 내가 유일했으니까. 그럼에도 나는 할머니 집을 싫어했다. TV도 잘 나오지 않는 옛날 시골집은 도시 아이였던 내게 무척이나 불편한 곳이었다. 추운 한겨울에도 마당에서 씻어야 하고 군불을 때야만 밥을 할 수 있는 시골 할머니 집. 그곳에서 며칠을 지낸다는 것은 끔찍한 일이었다. 그래서 크면 클수록 어떻게든 핑계를 대며 가지 않으려고 했고, 가더라도 하룻밤만 더 자고 가라는 할머니의 청을 외면했다. 그런 할머니에게 미안해할 틈도 없이 그렇게 할머니는 어느 날 갑자기 거짓말처럼 돌아가셨다.

할머니의 장례식은 오랜만에 모인 친척들로 꼭 잔칫집 분위기였다. 꽤 오래 사셨기에 그 죽음을 애통해하기보다는 오래 병을 앓는 고생 없이 가셨다고 호상이라고들 했다. 장례가 끝나고 나는 마지막으로 할머니가 사시던 집으로 가보았다. 갑자기 가셨기에 이것저것 정리할 것들이 많았다. 한참을 정리하다가 할머니의 오래된 문갑을 열었는데, 고무줄에 묶인 몽당연필들이 있었다. 어린 시절 방학 때 내가 할머니 집에서 숙제하다가 놓고 온 것들이었다.

지금도 가끔 병아리와 새끼 고양이 그리고 우리 할머니를 떠올린다. 그러나 아직도 죽음을 어떻게 받아들이고 또 어떻게 견뎌내야 하는지 잘 모르겠다. 나 역시도 언젠가 때가 오면 그렇게 가겠지….

밤에 눈을 감기 전이면 항상 같은 생각을 한다. 이게 이 세상에서 내가 마지막으로 눈을 감는 순간일지도 모른다고. 매일 죽음을 각오하는 것까지는 아니지만 죽음이 멀리 있다고 믿으며 살지는 말아야지. 그리고 살아 있는 동안 최선을 다해 행복해야지. 뭔가를 더 가지려고, 더 이루려고 하기보다 내가 눈 감는 그 순간에 참 잘 살았다고, 사는 동안 행복했다고 그래서 내가 또다시 지금의 모습으로 태어나도 괜찮겠다고 생각할 수 있도록 그렇게 살고 싶다. 나는 확실히 행복한 사람이 되고 싶다. 매일 행복할 수는 없겠지만 마지막 순간에 살면서 우는 날보다는 웃는 날이 더 많았다고 기억하고 싶다.

다가오는 주말에는 할머니의 무덤에 갈 생각이다. 오래전 정말 죽을 것처럼 힘든 일을 겪었을 때 나는 날마다 할머니에게 무사히 넘길 수 있도록 그리고 살아낼 수 있도록 힘을 달라고 기도했다. 거짓말처럼 할머니는 나에게 보석과 같은 결과를 안겨주었고 지금도 그 보석은 내 곁에 있다. 평소 종교도 무엇도 아무것도 없지만 나는 내 간절한 기도를, 나를 제일 예뻐하던 할머니가 저 하늘 위에서 들어주셨다고 생각한다. 먼 훗날 할머니를 다시 만날 때까지 나는 어떻게든 잘 살아낼 것이고 하루하루 웃으며 살기 위해 노력할 것이다.

언젠가 친구가 이런 말을 했다. "넌 정말 작은 일에도 감동하며 사는 것 같아. 사는 게 꽤 행복해 보여." 친구는 요즘 어떤 것을 가져도, 좋다고 하는 곳에 가도, 맛있는 것을 먹어도 별 감흥이 없다고 했다.

처음엔 그 친구가 나를 놀린다고 생각했다. 그녀는 친구 중에서 가장 돈이 많았고, 좋다고 하는 것을 많이 가졌으며, 안 가본 곳이 없을 정도로 여행을 많이 다닌 사람이었기 때문이다. 어디 그뿐인가. 외모는 소싯적에 연예인 하라는 권유를 여러 번 받았을 정도로 예쁘다. 과거 남자친구들은 재벌 3세, 홍콩 부호였고, 의사를 사귀어도 동네 의사가 아닌 국경없는의사회나 앰네스티 같은 국제기구에서 활동하는 사람을 사귀었다. 한마디로 그녀는 나와는 클래스가 다른 친구였다. 물론 돈과 외모와 남자친구의 스펙이 행복의 바로미터는 아니다. 하지만 적어도 그 친구가 나보다 일상에서 행복할 확률이 훨씬 높다는 것 정도는 누가 봐도 확실해 보였다. 그런 친구가 나더러 넌 소소하고 작은 일에 감동하니까 행복하겠다고 말하니, 마치 매일 셰프가 차려주는 특급요리만 먹는 사람이 라면을 먹는 사람에게 "넌 좋겠다. 라면 같이 싸고 간편한 음식을 매일 먹을 수 있어서"라고 하는 것 같았다. 그쪽 입장에서야 이쪽을 부러워하는 것이 영 불가능한 일은 아니겠지만, 부러움을 받는 처지에서는 비아냥대는 것으로 들리는 게 사실이었다. 무엇보다 친구의 말이 내가 별것 아닌 일에도 호들갑 떨고 요란스럽게 군다는 뜻으로 느껴졌다.

내가 싫어하는 게 있다면 그건 바로 작은 일에도 크게 반응하는 것이다. 그래서 깜짝 놀라거나 공포를 느낄 때를 제외하고는 본인이 충분히 통제할 수 있음에도 불구하고 감정을 남발하는 사람들을 별로 좋아하지 않는다. 그건 아마도 내 어머니 영향 때문일 것이다. 어머니는 길가에 핀 예쁜 꽃을 보면 "어머, 어쩜 좋아! 너무 예쁘지 않니?" 하며 그 자리에서 풀쩍풀쩍 뛰었고, 슬픈 일이 있으면 마치 이 세상이 끝난 것처럼 서럽게 통곡했다. 늘 감정과잉의 상태라 뮤지컬 배우가 무대를 탈출해서 현실 세계에서 움직이는 것 같았다. 그런 어머니를 두다 보니 나는 감정과잉 상태를 매우 싫어하게 되었고 되도록 좋고 싫고를 잔잔하게 표현하려고 애썼다. 하지만 잘 알고 있다. 그 어머니의 그 딸이라는 것을 말이다. 어머니처럼 뮤지컬 배우 정도는 아니겠지만 나 역시 호불호가 확실하고 감정 표현도 빈번한 편이며 무엇보다 감정의 업다운이 굉장히 심하다. 그래서 친구의 말이 더 불편하게 들렸는지도 모른다. 나 역시 내 어머니처럼 누군가에게 유난하게 사는 듯 보인다는 것이 솔직히 말해 불편을 넘어 불쾌할 지경이었다.

하지만 어느 정도 인정하지 않을 수 없다. 좋은 영화 한 편이면 이틀은 감동의 도가니탕을 끓일 수 있었고, 이 음악이다 싶은 곡을 발견하면 한 달간 계속 그 곡만 들을 수도 있었다. 꼭 영화나 음악이 아니더라도 사소한 일상에서 좋다는 느낌이 드는 것들은 저 하늘의 별만큼이나 많다. 하얀 빨래가 바람에 흔들거리며 뽀송뽀송하게 말라가는 모양을 보는 것도 좋고, 볕이 따뜻한 오후 거실에 앉아 고양이처럼 꾸벅꾸벅 조는 것도 좋고, 지지고 조리고 무쳐서 예쁜 접시에다 정갈하게 올려놓은 밑반찬을 보는 것도 좋았다. 소소하지만 나는 충분히 행복했다. 그런 소소한 일상을 참 열심히 카메라에 담았고 그때그때 유행하는 인터넷 플랫폼에 올리며 기록했다. 나는 아무런 특별한 일이 일어나지 않음에도 매일이 기대되고 날마다 살아가야 할 이유가 충만한 사람이었다.

그런데 언제부턴가 조금씩 느슨해지고 무뎌지는 내가 느껴졌다. 친구가 그러했던 것처럼 무슨 일을 해도 어떤 일이 벌어져도 심드렁한 인간이 되어가고 있었다. 처음에는 이유를 알 수 없었다. 작은 것 하나에서도 의미를 찾고 그 안에서 사부작사부작 행복해하며 놀던 내가 왜 그런 것들과 멀어지기 시작했는지 말이다. 더 이상 흰 빨래만 골라서 손으로 빨지 않고 다른 옷들과 같이 세탁기에 휙 돌려버리는 나, 해가 중천에 걸려서야 겨우 일어나 찌뿌둥하게 하루를 시작하느라 늦은 오후의 나른함 같은 것은 전혀 느끼지 못하는 나, 끼니때가 되면 냉장고에서 꺼낸 반찬들을 접시에 덜지도 않고 대충 먹어치우며 말 그대로 그저 어떻게든 한 끼를 때우는 것이 중요해져버린 나. 그런 내가 몹시 낯설었지만 이유를 모르니 해답도 찾을 수가 없었다.

한참 후에야 나는 제대로 된 이유를 알 수 있었다. 그건 바로 나이가 들었기 때문이었다. 나이를 먹는 일에 숫자가 늘어나는 것 이상의 의미를 두지 않았지만, 실제로는 그렇지가 않았다. 이 사실을 인정하기까지도 꽤 시간이 걸렸다. 나이가 든 정도가 아니라 이제는 늙어가고 있다는 것을 도저히 인정하고 싶지가 않았다. 더 이상 성장 없이 정체된 것까지는 그렇다 치더라도 이제는 나와 내 모든 것이 서서히 내려가고 있고 뒷걸음질 치고 있다는 사실은 꽤 충격적이었다. 정말로 나는 늙어가고 있었고, 그래서 도파민의 분비도 현저히 줄어들고 있었던 것이다.

기껏해야 신경전달물질 하나 정도가 줄어든 일이 뭐가 그렇게 대수냐고 하겠지만, 이 도파민에 대해 알면 이게 그리 가벼운 문제만은 아니라는 것을 알게 된다. 잠시 설명하자면, 우리가 사랑하게 되거나 기쁜 일을 맞으면 뇌에서 도파민이라는 신경전달물질이 분비된다. 한마디로 도파민은 '행복 물질' 같은 건데, 줄어들기 시작하면 행복을 느끼는 빈도도 약해지고 좀 더 강한 자극이 있어야만 행복하다고 느끼게 된다. 즉 내가 지난날 그토록 사소한 일에도 행복을 느낄 수 있었던 것은 (내 마음가짐의 문제이기도 하겠지만) 실제로 몸에서 도파민의 분비가 활발했기 때문이다. 하지만 이제는 노화의 진행으로 도파민의 분비가 줄어들어 무뎌지고 무신경한 인간이 되어가고 있다는 얘기였다.

일단 문제가 도파민이라는 것은 알았다. 그다음은 어떻게 해야 할까? 줄어든 도파민으로도 행복을 느끼려면 이전보다 훨씬 더 큰 강도의 자극적이고 획기적인 일이 일어나야 하는데, 평범하게 사는 내게 그런 일이 일어나기는 어려워 보였다. 그래도 어떻게든 여태 해왔던 것처럼 하려고 노력해봤지만 헛수고였다. 과거에는 내가 원해서 그저 그러고 싶어서 절로 그렇게 되었는데, 이제는 그걸 애쓰고 노력해야만 할 수 있다는 사실 자체에 벌써 진이 다 빠지는 느낌이었다.

한동안은 정말 이렇게까지 기분이 가라앉을 수 있을까 싶을 정도였다. 그때 할 수 있는 일은 딱 하나였다. 그냥 계속해서 내려가는 것. 어떻게든 정신을 차리고 다시 오던 길을 되돌아가야 하는데 내겐 그럴 힘이 없었다.

끝까지 가라앉던 그때 드디어 바닥이 드러났다. 나의 바닥은 생각했던 것보다 훨씬 더 최악이었다. 사람들이 왜 자신의 바닥을 보지 않으려고 하는지 그제야 알 것 같았다. 그건 그러니까 무서움이었다. 막연한 두려움과는 달리 상당히 명확한 무서움. 느낀다기보다는 겪는다는 표현이 적당할 정도로 무서움이 내 몸과 마음 전체에 딱 달라붙어 버렸다.

나는 거기서 꽤 오랜 시간을 머물렀다. 아침인지 밤인지 모를 시간이 지나가고 어제와 오늘과 내일이 다 섞인 것처럼 앞도 옆도 보이질 않았다. 그 시간을 보내면서 내가 한 일이라고는 고개를 숙이고 앉아 어서 이 모든 것이 지나가기를 기다리는 것뿐이었다.

그리고 마침내 바닥에서 조금씩 올라올 수 있었다. 아니 정확히 말하자면 올라올 수 있게 된 것이 아니라 올라올 수밖에 없는 일이 생겼다. 오래전 나의 결정에 대한 책임, 그냥 나 몰라라 할 수만은 없는 일, 그리고 그런 책임과 일로는 다 설명되지 않을 것들로 인해 일단 일상을 재정비하며 움직여야 했다. 그랬더니 아주 조금씩 다시 무언가를 할 수 있었다.

전자레인지에 햇반을 돌려 먹거나 배달 음식만 먹다가 그것마저 귀찮아 아예 굶던 생활에서 다시 밥솥에 밥을 하고 밑반찬을 사서나마 끼니를 챙기는 생활로 돌아왔다. 빨래를 너무 오래 하지 않아 집에 있는 옷이란 옷은 다 꺼내 입다가 적어도 일주일에 하루는 빨래를 돌렸다. 먼지가 굴러다녀도 못 본 척 안 본 척하다가 다시 청소기를 돌리고 걸레질을 하기 시작했다. 이 간단한 일들도 정말 죽을힘을 다해야 했다. 그때는 온종일 소파에 누워서 지냈고 이런 일들도 버거웠다. 침대에서 잔 게 언젠가 싶게 밤낮으로 소파에 누워 깨어 있으면 TV를 보거나 아니면 자거나 둘 중 하나였다. 그래서 일단은 내 몸을 일으키는 것부터가 대단히 힘든 일이었다.

어떻게든 멀쩡하게 살기 위해 죽을 만큼 애쓴 결과 조금씩 일상을 되찾았다. 당연하겠지만 바닥에서 올라오는 일은 내려갈 때보다 몇 배로 힘이 더 들었다. 어쨌거나 나는 이전의 일상을 거의 다시 찾았고 누워 지내던 그 시절 엄두도 내지 못하던 것들을 그럭저럭 잘 해내고 있다. 다시 일상이 좋아지기 시작했고 잠들기 전이면 내일을 기다리는 마음으로 눈을 감을 수 있었다(바닥을 치고 있을 때 사실 밤이 제일 괴로웠다. 내일 또다시 이 지옥이 시작될 거라는 확신만큼 괴로운 게 또 있을까).

아마도 그때 나는 심각한 우울증에 시달렸던 것 같다. 물론 병원에서 치료받을 정도였는지 아니었는지는 알 수 없다. 나아지기 위해 병원에라도 가야겠다는 의식이나 의지조차 없을 정도로 아주 최악의 상황이었으니까. 뒤늦게 이 사실을 안 한 정신과 전문의는 그때 좀 심각한 수준의 우울증이 왔던 것 같다고 추측했다.

바닥을 한 번 짚고 올라온 나는 내가 얼마나 나약한 인간인지 알게 되었다. 전에는 늘 오늘 같은 내일이 기다리고 있을 거라 확신했고, 그렇게 살기 위해 언제나 노력할 수 있다고 믿었다. 하지만 그게 얼마나 어리석은 믿음이었는지 이제는 안다. 세상에는 노력할 수 없는 일도 있고 더구나 노력해도 안 되는 일도 있다.

그렇다고 해서 내게 절망만 남은 것은 아니다. 대신 내가 얻은 것은 일상의 감동이 아닌 감사함이다. 내가 이렇게 무사할 수 있다는 것 자체가 얼마나 고마운 일인지 예전에는 몰랐었다. 다 내가 잘나서, 조금 부지런해서, 당연해서 그런 것인 줄로만 알았다. 그러나 나이가 들어가고 도파민이 줄어들면서 겪은 여러 가지 일 덕분에 지금은 그게 실은 엄청난 행운의 연속이라고 생각한다. 과거에는 당연하게 여겼던 모든 것들이 당연한 것이 아님을 이제는 안다. 지금의 내 안녕은 절대 당연하지 않다.

여담이지만 우울한 기분이 2주 이상 지속될 때는 반드시 정신과 전문의에게 상담받기를 권한다. 간혹 심리상담소를 이용하기도 하는데, 심리상담소는 상담을 위한 곳이지 근본적인 치료를 하는 곳은 아니다. 정신과 전문의들은 하나같이 우울한 상태에서 벗어나야겠다는 의지가 없어지기 전에 병원에 가야 회복도 빠르고 치료도 쉽다고 말한다.

'여행' 하면 무엇이 떠오르는가? 이름 모를 이국의 해변에서 쪽빛 바다를 바라보며 색깔 고운 칵테일을 마시고 망중한을 즐기는 것? 아니면 고대 유적지 같은 곳을 둘러보며 마치 내가 거대한 역사의 한가운데 서 있는 것 같은 느낌을 받는 것? 아마도 사람마다 떠올리는 여행은 다르겠지만 그 이면에는 공통적으로 일상 탈출이나 여유에 대한 열망이 깔려 있다.

내가 기억하는 최초의 여행은 가족들과 함께한 것이었지만, 내가 생각하는 정말 제대로 된 첫 여행은 아빠와 단둘이 한 것이었다. 당시 나는 초등학교 5학년이었는데, 회

사에서 휴가를 받은 아빠가 내게 둘이서만 여행을 가자고
했다. 그러면서 제주도와 서울 중 고르라고 말했다. 나는
망설임 없이 서울을 골랐다. 지금 같으면 공기도 좋고 바다
도 볼 수 있고 해산물도 잔뜩 먹을 수 있는 제주도를 골랐
겠지만, 그때의 나는 두 번 생각할 것도 없이 당연히 서울
이었다. 63빌딩을, 여의도 국회의사당을, 한강을, 지하철을
볼 수 있는 서울을 선택하지 않을 이유는 없었다. 물론 친
척들이 살고 있어서 가끔 서울에 가보기는 했지만, 그건 여
행이 아니라 그저 친지 방문일 뿐이었다.

아빠는 비록 출장 때문이긴 해도 혼자만 비행기를 타고
다닌 것이 미안했는지 이번에는 차를 타지 말고 비행기로
가자고 했다. 비행기를 타는 순간 얼마나 설렜는지, 이륙할
때 얼마나 신기했는지 지금도 생생히 기억이 난다. 그 기억
이 얼마나 강렬한지 지금도 비행기를 타면 언제나 초등학
교 5학년 때로 돌아가곤 한다.

엄마의 철저한 계획하에 움직였던 평소의 가족 여행과
달리 이박 삼일 동안 나는 아빠와 딱히 동선을 짜지 않고
그냥 가고 싶은 대로 내키는 대로 서울을 휘젓고 돌아다녔

다. 다리가 아프면 커피숍에서 쉬어가기도 하고 배가 고프면 맛있어 보이는 아무 밥집이나 들어가 밥을 먹었다. 처음에는 아무 계획도 목적도 없이 다녀도 괜찮을까 싶었지만 이내 적응이 되었고, 적응을 하고 나니 그보다 더 편할 수가 없었다.

그 이후로 나는 목적지를 어디로 할지, 그곳 어느 지역에서 어디까지 움직일지 정도만 정하고 나머지는 거의 현장에서 결정하는 여행에 대한 로망이 생겼다.

여행은 대개 한정된 시간과 경비 안에서 최대한 많은 것을 즐겨야 하기에 바쁘게 움직이는 게 일면 당연해 보이지만, 내 경우에는 막상 그렇게 했을 때 만족도가 크지 않았다. 이것도 보고 저것도 봐야 한다는 생각에 마음은 바쁘고, 특정 장소와 시간이 마음에 들어도 다음 스케줄 때문에 오래 머무를 수가 없어서 너무 아쉬웠다. 사실 인터넷 검색엔진이 지금처럼 활성화되지 않았던 예전에는 여행지에 도착해서야 갈 곳을 정한다는 게 쉬운 일은 아니었다. 하지만 지금은 마음만 먹으면 지역 명소부터 시작해서 현지인만 아는 골목 맛집까지 못 찾을 곳이 없고, 초행이라 해도 목적지까지 어떻게 가야 하며 얼마나 시간이 소요되는지 충분히 알아볼 수 있다.

성인이 되고 한동안은 계획을 짜고 여행을 다녔지만 서른 이후부터는 거의 무계획에 가깝다시피 한 여행을 하고 있다. 뭐 그렇다고 해서 내가 남들보다 여행을 대단히 많이 다닌다거나 굉장히 특별하게 하는 것은 아니다. 한 가지 남과 다른 점이 있다면 직장인에게 절호의 기회인 여름휴가 시즌과 명절 연휴에는 딱히 여행을 다니지 않는다는 것이다. 어차피 프리랜서인지라 내가 시간을 내기 나름이므로 되도록 주말과 성수기도 피한다. 그러면 비용 측면에서 저렴할 뿐 아니라 사람들의 북적임 없이 여행을 즐길 수 있다.

사람들의 여행 스타일은 크게 두 가지로 나뉜다. 하나는 멋진 자연풍광 아래서 휴식에 집중하는 여행이고, 다른 하나는 이것저것 보고 체험하는 관광이라 부르는 여행이다. 두 가지 중에서 굳이 고르자면 나는 후자 쪽이다. 나는 자연경관을 그다지 선호하지 않는 편이다. 더구나 집에서 호

캉스를 하듯 쉬는 게 나에게는 가장 잘 쉬는 방법이라 굳이 여행을 가서 휴식을 취할 필요가 없다. 시골이나 자연풍경에 그리 감동하는 성향이 아니어서 체험 관광은 주로 도시 위주로만 다닌다. 아파트 건물에서 태어난 탓인지도 모르겠다. 아무튼 잘 지어진 건축물과 그 안에 존재하는 온갖 볼거리를 보고 즐기는 쪽이 훨씬 더 여행을 제대로 했구나 하는 느낌을 준다.

여행할 때 맛집을 찾아다니는 일은 좀처럼 하지 않는다. 어디서 뭘 먹을지 검색 정도는 하지만, 맛있는 음식을 먹겠다는 이유로 숙소나 내가 있는 장소에서 멀리 떨어진 식당을 찾아가거나 줄을 서서 기다리지는 않는다.

여행하면서 내가 가장 중요하게 생각하는 것은 욕실과 화장대다. 아무리 훌륭한 호텔에 묵는다 하더라도 집에서 쓰는 샴푸와 린스를 가져가야 하고 화장품도 내 화장대 위에 있는 것들을 작은 공병에 덜어 가야 마음이 놓인다. 어느 지역을 가든 어떤 여행을 하든 제일 처음 호텔부터 들러서 욕실과 화장대를 완벽하게 내 집처럼 세팅해놓아야 비로소 '자, 어디 슬슬 다녀볼까?' 하는 마음이 든다.

나의 이런 성격과 비슷한 먼 친척이 있어 함께 여행을 간 적이 있다. 호텔에 도착하자마자 그녀와 나는 거의 동시에 누가 먼저랄 것도 없이 캐리어를 열고 각자의 세면도구와 스킨케어를 쫙 늘어놓고 정리했다. 이렇게 일단 호텔에 짐부터 먼저 풀고 나야 여행이 비로소 시작된다. 이후 몇 번이나 그녀와 같이 국내 여행을 다녔다. 아침에 일어나면 침대를 정리하고 호텔에서도 수시로 청소를 하는 등 성격이 하도 비슷해서 여태까지 함께 다녀본 여행 동반자 중 나와 가장 잘 맞았다.

평소에도 뭔가 기념할 만한 물건을 간직하고 기록하는 것을 좋아하는 만큼 여행을 가면 꼭 소소하게나마 기념품을 챙긴다. 그렇다고 기념품 가게에서 돈을 주고 사는 건 아니고 여행지에서 생기는 영수증 하나, 밥집의 명함 카드 하나가 내게는 전부 다 기념품이다. 여름날 바닷가를 갈 일이 있으면 조그만 유리병을 챙겨가서 꼭 바닷물을 담아 오기도 한다. 집에서 그 유리병들을 일렬로 죽 세워놓고 보노라면 마치 그때의 그 바다에 가 있는 듯한 착각이 든다.

여행지에서 만나는 그 모든 비매품이 사실 다 기념품이

라고 보면 된다. 나는 그것들을 전부 모아 와서 정성스럽게 태그를 붙이고 종이상자에 넣어둔다. 여행지별로 기념품을 분류해서 잘 놔두었다가, 다음 여행 때 마침 같은 곳으로 떠난다면 그 상자를 열고 도움을 받을 수 있는 물건들(밥집 명함이나 종이 지도 같은 것들)을 꺼내서 다시 사용하곤 한다.

여행을 떠나는 이유는 저마다 다르겠지만 나는 별거 없다. 그저 내가 현재를 버티고 견디고 있구나 하는 생각이 들면 떠난다. 물론 일상이 지겹고 일상을 영위하는 이 장소가 따분하게 느껴질 때, 바로 그때가 여행을 떠나기에 가장 좋은 때이긴 하다. 하지만 대부분의 사람들처럼 나도 그럴 때마다 여행을 갈 만큼 여유롭지는 못하다. 그래서 하루하루의 생활에 잠식당하는 느낌이 두려울 만큼 커질 때면 여행 가방을 꺼낸다. 어떻게든 내 몸과 마음을 지금 이 장소가 아닌 다른 장소에 옮겨두고 싶어서다. 그러면 신기하게도 지친 몸과 마음이 조금은 회복되는 듯하다. 정말 아무것도 아닌데, 단지 차를 좀 길게 타고 나를 다른 도시, 다른 공간으로 이동시켰을 뿐인데, 그 순간부터는 일상을 못 견여하던 내가 아닌 또 다른 내가 된다.

　나이가 들면 들수록 여행 자체에는 큰 의미를 두지 않으려 한다. 여행을 통해 새로운 무언가를 얻고자 하는 마음도 딱히 없다. 그저 현재 이곳에서 일상의 틀에 갇힌 하루가 아니라, 저곳에서 약간의 모험과 이벤트를 겸한 하루를 보내는 정도가 내가 여행에서 바라는 전부다. 애써 여행을 간만큼 이것도 보고 저것도 해야 한다는 강박은 되도록 가지지 않기로 했다. 여행할 때도 욕심을 내면 그 욕심만큼 힘들어진다.

　나에게 있어 여행의 좋은 점은 다시 일상을 살아갈 힘 혹은 살아야 할 이유를 나름대로 정리해보는 시간을 가질 수 있다는 것이다. 내게 여행은 진짜로 하고 싶고 원하는 게 뭔지 살피고 생각하는 시간이다. 낯선 곳에 나를 던져놓으면 그 답을 더 정확히 알 수 있다.

　오늘 이 여행으로 내가 무엇을 얻어 가는지는 잘 모른다. 어쩌면 돈을 썼지만 별로 본 게 없으니 누군가에게는 세상 없는 돈 낭비인지도 모르겠다. 그렇지만 분명한 것은 여행을 하며 내가 살아 있음을 다시 느끼고, 다시 일상을 살아갈 수 있다는 사실이다. 살아 있다면 그게 여행이든 혹은 돈 낭비든 다 괜찮다.

가끔 결혼식이나 장례식에 가야 할 일이 생긴다. 이런 자리에 갈 때 나는 다소 난감해지는데, 입고 갈 만한 정장이 없어서다. 방송국과 여러 직장을 차례로 관두고 어디에도 적을 두지 않은 생활을 십 년 넘게 하다 보니 격식에 맞는 옷을 살 필요도 이유도 없어졌다. 정장을 별로 좋아하지 않고 치마는 더더욱 사양하는 타입의 인간인지라, 어느새 내 옷장은 편한 티셔츠와 청바지, 니트 등으로 가득 차게 되었다. 과거에 꽤 비싼 돈을 주고 샀음에도 불구하고 입지 않는 옷들을 전부 재활용센터에 줘버려서 안 그래도 별로 없는 소위 멀쩡한 옷이 더 없어졌다.

그렇다고 해서 옷을 사지 않느냐 하면 그건 아니다. 나는 옷을 좋아한다. 어딘가 꼬박꼬박 나갈 일도 없으면서 한 달에 세 번은 쇼핑몰에 가서 옷을 구경하거나 사는 것을 보면 옷을 굉장히 좋아하는 편에 속한다. 사실 입을 만한 정장이 별로 없을 뿐이지 어디 가서 옷 없다는 소리는 하기 힘들다. 지금 내 옷방은 옷이 한가득하고, 그것도 모자라서 5단짜리 큰 서랍장은 베란다에 놔둬야 할 지경이다.

옷을 사는 취향은 다른 사람들과 조금 다르다. 어느 날 집에 놀러 온 사촌이 잠시 입을 편한 옷을 찾기에 행거에서 마음에 드는 것으로 고르라고 했다. 그녀는 행거에 걸린 옷들을 살펴보더니 대뜸 말했다.

"세상에, 넌 집에서 입는 옷이 다 명품이네?"

그랬다. 내가 그녀에게 준 옷들은 소위 명품 브랜드의 홈웨어들이었다. 사실 그전에는 내가 홈웨어를 명품으로 산다는 자각조차 하지 못했다. 좋아하는 특정 브랜드가 두 개정도 있어서 홈웨어가 필요하면 언제나 그 매장에 갔고, 마침 세일을 하면 한 아름 사곤 했으니까 특별히 명품을 산다고는 생각하지 못한 것이다.

홈웨어가 명품이면 외출복은 과연 무얼까 싶겠지만, 외출복은 딱히 브랜드와 보세를 가리지 않고 막 입는다. 프리랜서라 집에서 일할 때가 많은 만큼 내게 홈웨어는 다른 사람의 외출복과 같다. 나는 아무거나 대충 입고 싶지는 않다. 옷은 남에게 보여주려고만 사는 것이 아니다. 옷을 사고 입는 일에는 자기만족이란 것이 상당히 큰 부분을 차지한다. 남들이 아무리 예쁘다고 하더라도 내 눈에 예뻐 보이지 않으면 사 입지 않는다.

홈웨어는 어떻게 보면 타인에게 보여줄 일이 없는, 오직 나의 만족과 편의를 위해 입는 옷이다. 그래서 누가 예쁘다고 해서 혹은 유행한다고 해서 옷을 사지는 않는다. 순전히 내 마음으로만 살 수 있는 것이 홈웨어다. 그래서 나는 외출복보다 홈웨어를 고르는 일에 더 신경을 쓴다. 내가 입고 흡족하다면 외출복보다 두 배 비싼 가격을 지불하고서라도 살 의향이 있다.

내게 운동복은 말 그대로 운동을 위해 필요할 뿐이어서 그걸 집에서 입는 일은 없다. 보통 사람들이 생각하는 작가의 이미지가 무릎 나온 트레이닝복을 입고 안경을 끼고 머리는 산발한 채 집에서 글을 쓰고 있는 모습이라면, 적어도 나는 거기에 포함되지 않는다. 내가 볼 수 있는 공간에서, 아니 오직 나만 볼 수 있는 공간에서도 나를 함부로 내버려 두고 싶지 않다.

연애할 때도 홈웨어를 좋아하고 신경 쓰는 점은 장점이 되곤 했다. 영화를 보거나 무언가를 먹으러 갈 때를 제외하고는 거의 집 안에서 데이트하는 것을 즐겼는데, 이때 집에서 입는 옷이 너무 후줄근하면 곤란했을 것이다.

남자친구가 있든 없든 나는 계속해서 예쁜 홈웨어를 사고, 예쁜 홈웨어를 입고 그렇게 평생 내가 여자임을 자각하고 살 것이다. 어떤 걸 선택하든 각자의 자유다. 나는 편안함보다는 아름다움을 선택하기로 했다. 어느 여배우의 말처럼 나는 늙어 죽을 때까지 여자이고 싶다. 바깥에서뿐 아니라 집 안에서도, 누가 날 봐주지 않는다고 하더라도 나자신에게 예쁜 모습을 보여주며 살고 싶다.

나이를 먹을수록 세상사에 무덤덤해진다. 언젠가 지하철
을 탔을 때 한 무리의 여고생들이 얘기를 하다가 뭐가 그
리 재밌는지 까르르 웃었다. 그 모습을 보면서 나도 모르게
'그래 너희 나이 때는 굴러가는 가랑잎만 봐도 웃기지' 했
다. 정말이지 그때는 웃기는 일도 많고 슬픈 일도 많았다.
누가 조금만 웃겨도 자지러졌고 반대로 누가 조금만 건드
려도 울음을 터트렸다. 나도 한때는 그랬는데 세월이 지나
면서 중년이 되고 보니 그때처럼 격하게 웃을 일도 울 일도
좀체 없어졌다.

　나이가 들고 나서 피부로 와닿는 것은 바로 견딜 수 없

는 일상의 시시함이다. 뭘 해도 이미 해봤던 것들이다. 설사 안 해봤다고 하더라도 지금까지 쌓아온 경험이나 지식으로 미루어보아 충분히 그 끝을 짐작할 수 있는 것들뿐이다. 어디선가 큰 이변이 일어나지 않는 한 나의 어제와 오늘 그리고 내일은 아마도 똑같은 얼굴을 하고 있지 않을까.

산다는 것이 내내 설레는 일은 아니겠지만, 그래도 밤에 잠을 청할 때 내일은 무엇무엇을 해야지 혹은 내일은 어떤 일들이 일어날까 하는 일말의 기대감이 있어야 한다. 하지만 사실 한동안은 눈을 감으면서 이러다 영영 내일 아침이 오지 않아도 별로 아쉽지 않겠구나, 하는 생각을 했다. 그건 그만큼 나의 일상이 똑같은 패턴에 비슷한 색을 띠고 있다는 얘기였다. 매일 일어나 혼자 밥을 해 먹고 혼자 일하고 좋은 것도 나쁜 것도 혼자서 다 감당해야 한다는 것이 견딜 수 없이 지겨웠다.

주변을 둘러보면 지금 내 나이이거나 나보다 조금 더 나이 든 여자들의 생기 없는 얼굴을 쉽게 볼 수 있다. 어떤 것에도 좀처럼 올라갈 일 없어 보이는 입꼬리와 웃어본 지가 언제인지 모르게 메말라 있는 눈가를 보고 있자면 나도 저런 모습일까 싶어서 가끔 서글플 때가 있다.

일상이 평이해지고 그날이 그날같이 느껴진 지는 꽤 오래됐다. 그전에는 집 안에서 잠시도 가만히 있지 못했는데, 언제부턴가 침대 아니면 소파에 널브러져 있고 손에는 핸드폰과 TV 리모컨이 늘 들려 있었다. 핸드폰은 마치 세상과 나를 잇는 유일한 끈 같았다. 그걸로 세상을 보고 세상을 알고 세상을 느낀다는 생각이 들었다.

순간 이렇게 살아서는 안 되겠다 싶었다. 이렇게 아무렇지도 않은 하루가 모여서 일 년이 되고 이 년이 될 수는 없었다. 이대로 가만히 있으면 내 인생에 설렘은 고사하고 나이를 먹는 것 외에 그 어떤 변화도 없을 것만 같았다.

아는 언니들에게 전화해서 조언을 구했다. 나는 더 이상 요리도 재미없고 살림도 지겹고 그 어떤 보람도 못 느끼겠다고 고백했다. 그러자 한 언니가 말했다.

"그건 날마다 너를 봐주는 사람이 너뿐이어서 그런 거야."

과연 그랬다. 언제부턴가 나는 집에 손님들을 초대하지 않았다. 그들을 위해 밥상과 술상을 차리는 일이 귀찮게 느껴졌고, 돈만 있으면 밖에서 얼마든지 더 잘 먹을 수 있는데 뭐 하러 사서 고생을 하나 싶었다. 언니는 그럴수록 사람들을 자꾸 집으로 부르라고 했다. 사람을 부르면 하다못해 청소기라도 한 번 더 돌리게 되고 소파에 쿠션이라도 바로 놓게 된다고. 혼자만 자기 자신과 자신의 공간을 보는 시간이 길어지면 그 어떤 것들도 바뀌지 않는다고 했다.

나는 속는 셈 치고 다시 사람들을 부르기 시작했다. 결혼해서 가족과 함께 사는 사람들에 비해 비교적 눈치를 보지 않아도 되는 개인적 공간을 확보하고 있으므로 그리 어렵지 않았다. 다만 불렀으니 뭐라도 해 먹여야 하는 점이 조금 부담스러웠다. 어쨌든 마트에 가서 장을 보고 주방에서 분주하게 움직이며 식탁을 채워나갔다. 사람들이 집밥에 별 의미를 두지 않을 것 같지만, 나이가 조금만 들면 다들 밖에서 사 먹는 자극적인 음식에 어느 정도는 질려 한다. 그래서 외려 나의 엉성한 집밥이 사람들에게 환영을 받았다. 인테리어를 했다고 할 수도 없는 초라한 공간도 사람들은 편안하다며 칭찬을 해주었다.

그 뒤부터 신기하게도 예전처럼 조금씩 나와 내 공간에

생기가 돌았다. 아무렇게나 방치했던 소파에 다시 예쁜 쿠션들을 놓았고 낡은 가구들도 하나씩 손을 보고 바꾸었다. 커피 테이블에는 다시 향긋한 홍차와 커피가 놓였고, 새벽이면 꽃시장에 달려가서 꽃을 사서 식탁에 놓았다. 다시 예전으로 돌아간 느낌이었다. 십 년은 더 젊어진 것 같은 기분이었다. 아무도 봐주지 않던 나와 내 집을 누군가가 보고 또 머물러준다는 것은 생각보다 큰 기쁨이었다.

그렇게 내 공간을 대하는 태도와 그것을 채우는 자세가 달라지자 기분도 한결 나아졌다. 매일 똑같이 반복되는 시시하기 그지없었던 일상도 다시 조금씩 활기를 찾았다. 친구들과 지인들을 부지런히 만났고 또 집으로 자주 초대했다. 나와 내 공간을 타인에게 일부러라도 그렇게 보여주어야겠다는 생각이 들었다. 사람들 없이 혼자 있을 때도 그 누구도 아닌 내가 나 자신을 본다는 사실을 잊지 않으려고 애썼다.

나처럼 혼자 집에서 일과 일상을 함께 하는 사람은 일상이 시시해지기 시작하면 모든 것에 심드렁해져 일마저 손에서 놓을 수 있다. 직장생활을 한다면 일상은 무너지는 한이 있어도 일은 어떻게든 붙잡는다. 하지만 그렇지 않은 상황이라면 일과 일상, 이 두 가지를 어떻게든 시시하지 않게, 매일 조금이라도 변화를 주며 유지하는 게 꽤 중요하다.

살다 보면 그리 큰일이 일어나지 않는 한 모두 소소하고 작은 일로 가득한 게 일상이다. 인생에는 뭔가 대단한 게 있는 것이 아니며 그저 그런 하루하루가 모여 결국 인생이 된다. 드라마틱하게 즐겁거나 재미있는 일은 그리 많지 않다. 그러니 작은 일도 조금은 크게 느낄 것, 그것에서 어떻게든 의미를 찾을 것. 이것이 지금 내가 일상에서 가장 중요하게 생각하고 지켜나가는 모토다. 지금 나의 일상은 조금도 시시하거나 재미없지 않다.

내 주변에는 싱글이면서 무남독녀이거나 혹은 비혼인
여성들이 꽤 있다. 그런데 그녀들이 갑자기 겨울을 만난 개
구리처럼 오랜 시간 칩거할 때가 있다. 바로 부모님이 얼마
남지 않은 시간을 앞두고 계실 때다.

　남자 지인들이 부모님의 병환으로 모든 일을 접고 간호
한다는 말은 별로 들어본 적이 없다. 어째서 그런 건지는
잘 모르겠지만, 아마 부모님들이 크게 원치 않으셨을 테고
본인들 또한 굳이 그렇게까지는 하지 않고 다른 대안을 찾
았을 것이라고 미루어 짐작할 뿐이다. 이에 비해 싱글 혹은
비혼 여성이 어머니와 아버지의 마지막 일 년 혹은 그 이

상의 시간을 차례로 지키는 경우는 많이 본다. 부모님의 병시중을 해가며 함께 살 수 있는 형제자매가 없고, 그렇다고 부모님이 얼마 남지 않은 삶을 병원 침상에서 보내게 할 수도 없으니 다른 대안은 없어 보인다.

그들은 비교적 초기에는 일과 병시중을 병행하다가 얼마 가지 않아 일을 정리하기 일쑤다. 집이나 병원에서 툭하면 걸려오는 응급호출은 잦은 조퇴나 결근으로 이어져, 처음에는 사정을 봐주던 회사도 일과 병간호 중에서 선택을 하라고 은근히 종용한다. 그나마 사정이 괜찮다면 간병인을 써서 해결해보겠지만, 그렇지 못할 경우 그들은 일을 완전히 접거나 중단한 채 부모님과의 마지막 시간을 보낸다.

부모님이 마지막 가시는 길에 곁에 함께 있어준다는 것은 아름다운 이야기다. 도덕적으로는 당연하기도 하고, 부모님이 우리에게 해주신 것을 생각하면 아무리 해도 모자라기도 하다. 그렇지만 이건 어디까지나 교과서적 이야기고 실제 그렇게 한 사람들의 이야기를 들어보면 꼭 그렇지만은 않았다.

일단 육체적으로 힘든 것은 두말할 것도 없지만 문제는

다른 데 있었다. 형제자매가 자신들의 가정에 충실하기 위해 결혼하지 않아 혼자인 '나'에게 희생을 강요하는 것이다. 비혼의 마흔에게는 알다시피 원래 주어진 가족 외에는 핏줄이 없다. 결혼으로 자기 가정을 이룬 형제자매들은 자연스럽게 남편, 아내, 아이들을 이유로 부모님을 보살피기 어렵다고 말한다.

부모님이 큰 병에 걸리면 일단 형제자매는 가장 시간적 여유가 있다고 판단되는 비혼의 '나'에게 시간과 육체를 써서 해야 하는 거의 모든 일을 일임한다. 대신 그들은 경제적인 부분을 책임지겠다고 한다. 이런 약속은 처음에는 비교적 잘 지켜진다. 시간과 노력을 들여야 하는 그 모든 일을 나 혼자 다 도맡아 하는 데 대한 고마움과 안쓰러움을 전하며 가끔은 그들이 나에게 주어진 역할을 대신 하겠다고 자청하기도 한다.

하지만 예부터 긴병에 효자 없다고 했다. 그들은 이미 경제적인 부분을 책임지고 있어서 도의적 책임도 다했다고 생각하게 마련이다. 더 큰 문제는 시간이 지남에 따라 그들이 맡기로 한 금전적인 지원마저 제대로 이행하지 않는 것이다. 그렇게 되면 문제는 걷잡을 수 없이 심각해진다. 육체적, 정신적 고단함도 모자라서 이제는 돈에 대한 압박감마저 느껴야 한다. 이때 가정이 있는 형제자매들은 자기들이 짊어진 가족에 대한 책임감이 얼마나 무겁고 막중한지를 무한 반복해서 늘어놓을지도 모른다.

내가 혼자라는 이유만으로 그들보다 비교적 시간적, 경제적으로 여유가 있다고 여기고 부모님의 병간호는 물론이고 거기에 들어가는 비용까지 나에게 떠맡기는 것이다(물론 그들은 나보다 더 큰 집과 차를 갖고 있지만 늘 그렇듯 가족을 부양하느라 몹시 빠듯하다).

똑같이 부모님의 지원을 받았음에도 단지 비혼이라는 이유만으로 나에게만 막중한 책임이 주어진다면, 그리고 일시적이 아니라 꽤 긴 시간을 그렇게 보내야 한다면, 혼자 다 떠안아야 한다는 사실에 억울함을 넘어 숨이 턱 막힐 지경으로 답답해진다.

예전에 알던 어떤 분이 있었다. 처음에 그녀는 결혼하지 않고 혼자 산다는 이유로 다른 자식보다 병원에 조금 더 자주 찾아가는 딸이었다. 하지만 나중에는 부모님보다 먼저 어떻게 되어도 이상하지 않을 정도로 큰 괴로움을 짊어진 자식이 되었다. 병원비에 병간호에 직장일에 치여서 나날이 지쳐간 것이다. 어머니가 살날이 얼마 남지 않았음을 알고 연명 치료를 받으며 병원에서 지내기보다 집에서 남은 생을 보내고 싶다 했을 때, 그녀는 회사에 휴직계를 제출하고 어머니와 함께 지내기로 했다. 그런데 그 시간은 예상보다 훨씬 길어졌다. 물론 어머니가 오래 사시는 것은 반가운 일이다. 하지만 삼 개월 휴직이 육 개월이 되고, 그 이상의 시간이 필요해지자 결국 사표를 낼 수밖에 없었다.

사계절을 모두 보내고 이듬해 늦봄이 될 때까지 그녀는 어머니를 모셨다. 그녀의 하루는 아침에 어머니의 건강 주스와 약을 챙기는 것으로 시작됐다. 병환의 치료에 조금이라도 도움이 된다는 각종 건강식을 하루 종일 만들고, 평소 깔끔했던 어머니의 성격 때문에 하루에 두 번씩 몸을 닦아드렸다. 온종일 누워만 있는 어머니를 위해 책을 읽어드리고, 눈이 오나 비가 오나 하루에 한 번은 휠체어에 어머니를 태워 산책을 나갔다.

그녀가 가장 힘들어한 부분은 이미 몸이 말을 듣지 않아 축 늘어진 어머니를 씻기고 침대에서 휠체어로, 휠체어에서 침대로 옮기는 일을 하루에도 몇 번씩 반복해야 한다는 것이었다. 성인 여자의 힘이 뻔할진대, 그녀보다 몸무게도 더 나가는 어머니의 육체를 혼자 오롯이 감당하는 게 얼마나 힘들었을지 보지 않아도 알 것 같았다.

사실 그녀에게는 어머니의 건강에 이상 신호가 올 무렵부터 사귀던 남자친구가 있었다. 배가 자꾸 아프다는 어머니에게 큰 병원에 가서 종합검진을 받아보라고 권한 다음, 그녀는 친구들과 함께 오랫동안 계획했던 여행을 떠났다. 여행지에서 그녀는 그곳에 유학 온 어떤 남자에게 반했고, 둘은 여행 기간 내내 자석처럼 붙어 있다가 마침내 장거리 연애를 하게 되었다.

영상통화를 할 수 있어 다행이었지만, 그녀가 영상통화로 보여줄 수 있는 모습이라곤 어머니의 건강 주스를 만드는 것, 건강식을 만드는 것, 어머니가 하나라도 더 드실 수 있도록 건강한 간식을 만드는 것이 전부였다. 어머니가 낮잠을 주무실 때가 그나마 한숨 돌릴 수 있는 시간이었지만,

그 시간조차 그녀는 어머니를 위한 음식을 만들어야 했다. 그리고 그때가 그와 영상통화를 할 수 있는 유일한 시간이었다. 그녀는 그렇게 세 달을 영상통화로 사랑을 키워갔다.

하지만 결국 남자는 그녀에게 이별을 고했다. 그녀를 만나 꿈같은 일주일을 보냈지만, 그 기간 빼고는 늘 건강요리 연구가에게 일대일 강의를 받는 기분이었다는 말을 끝으로 멀어졌다. 그녀는 그와 헤어진 마음의 상처를 추스를 새도 없이 눈물을 닦고 돌아서서 바로 어머니를 간호했다. 어머니는 봄이면 피는 분꽃을 보며 꼭 너 같다는 말을 남기고 그렇게 그녀 곁을 떠나셨다.

분꽃을 보며 그때의 이야기를 하는 그녀를 보면서 생각했다. '참 힘든 시간을 보냈겠구나. 어머니에게 더할 수 없이 최선을 다 했기에 여한은 없겠지만, 그 시간이 그녀에게 남긴 것은 과연 무엇일까.' 어머니의 간병을 하는 동안 비용 문제로 결혼한 언니들과 거의 원수가 되다시피 해서, 장례식 이후로는 단 한 번도 서로 안부 전화조차 하지 않고 남처럼 지내고 있었다. 그녀는 그 서운함을 도저히 용서할 수 없을 것 같다고 했다.

언니들과의 사이가 악화할 즈음 그녀는 이럴 줄 알았다면 진작 누구하고라도 결혼했을 거라고 했다. 다들 각자의 가족과 각자의 미래를 챙기는데, 어째서 곁에 아무도 없어 가뜩이나 불안해 죽겠는 자신이 이 모든 걸 떠안아야 하는지 억울했다고 한다. 자신의 억울함을 풀고자 아픈 어머니의 손을 놓아버릴 수도 없는 일이라 그녀는 꽤 오랫동안 고통받았다.

그녀는 어머니보다 더 아프지는 않았지만, 어머니 못지않게 아팠을 것이다. 안 그래도 가녀린 편이었는데 말로 할 수 없을 정도로 야윈 모습이었다. 애매한 위치, 애매한 나이에 관둔 직장을 다시 구하기까지는 꽤 긴 시간이 걸렸다. 그리고 무엇보다 그녀에게는 남은 돈이 거의 없었다. 어머니가 돌아가시기 전에 남겨준 조그만 아파트마저 언니들이 똑같이 나누어야 한다고 주장하는 바람에 소송까지 갔다. 혼자 어머니를 모신 점이 참작되었지만, 그러기 전까지 수술비며 생활비를 언니들이 꽤 많이 부담했던 점 또한 인정된다고 했다. 그녀는 생각 같아서는 이 지저분한 싸움을 그만두고 언니들끼리 아파트를 찢어서 가지든 부숴서 가지든 알아서 하라며 빠지고 싶지만, 자기에게 남은 유일한 재산이라 그럴 수도 없다고 했다.

그녀를 보면서 비혼 여성에 대한 일반적인 인식이 어떤지 알 것 같았다. 사람들은 누군가가 비혼이면 (이 점은 그게 남자든 여자든 다 적용되는 듯하다) 무언가를 더 짊어지고 더 책임질 여유가 있다고 생각한다. 하지만 그녀에게 여유란 고작 딸린 식구가 없다는 사실 빼고는 아무것도 없었다.

물론 그녀는 어머니께 최선을 다했기 때문에 나중에 가슴을 치며 후회할 일 같은 건 없을지도 모른다. 하지만 그런 마음의 죄책감 하나를 없애고자 한 것 치고는 그 희생이 너무 컸다. 단지 시간과 돈뿐 아니라 젊음과 사랑과 꿈을 제물로 바쳐야 했기 때문이다.

만약 나에게 똑같은 일이 벌어진다면, 글쎄다. 내 아버지를, 내 어머니를 위해 내 현재의 삶과 일을 포기할 수 있을까? 아마 이기적인 나는 그럴 수 없을지도 모른다. 그녀처럼 하기에는 내가 부모님보다 나 자신을 더 사랑한다. 어쩌면 우리 마흔의 비혼들에게 필요한 것은 나 자신을 먼저 챙기고 돌보는 용기인지도 모르겠다. 기혼들보다 더는 아니

라 하더라도 그들 못지않게, 그들이 자기 자신과 가족들을
챙기는 것의 반만큼이라도 말이다.

유명하지 않은 나에 대하여

"유명해져라! 그러면 똥을 싸도 사람들이 박수를 쳐줄 것이다."

이 말이야말로 유명세에 대한 본질과 유명해지고자 하는 사람이 궁극적으로 추구하고자 하는 바를 가장 잘 보여주는 게 아닌가 한다.

똑같은 행위를 하고 똑같은 결과물을 내더라도 유명인과 그렇지 않은 이에 대한 사람들의 반응은 하늘과 땅 차이다. 누군가 유명한 사람이 되고 난 다음에는 그 사람의 모든 것이 다 대단하고 멋있어 보인다.

출판계에서는 고스트라이터, 즉 대필작가가 존재한다. 출판계에서 공식적으로 인정하거나 말거나, 매우 유명한 분들 중 글쓰기를 업으로 하지 않는 사람들이 책을 낼 때는 대개 고스트라이터의 힘을 빌리는 것으로 안다.

고스트라이터는 글을 잘 쓰지만 그 자체로 유명한 사람은 아니다. 그러나 그 사람이 유명한 사람의 이름으로 글을 쓰면 얘기는 달라진다. 그가 쓴 책이 만 부, 십만 부가 팔리고, 때로는 그냥 베스트셀러를 넘어 밀리언셀러를 기록하기도 한다. 그러나 만약 그 고스트라이터가 유명인의 이름으로 낸 책의 판매고를 믿고 자신의 이름으로 책을 발표한다면? 그 사람은 어쩌면 고스트라이터로서 받은 계약금에 훨씬 못 미치는 인세를 받고 끝날 수도 있다. 왜냐면 그간 팔린 책은 그의 실력이 아닌 유명인의 이름값이 이루어낸 결과이기 때문이다.

물론 아무런 실력도 없고 자격도 없다면 유명해지기도 힘들다. 그러나 일단 명성을 얻으면 그때부터는 자신이 내놓은 결과물이나 실력만으로 냉정하게 평가받지 않는다. 사람들이 처음에 유명해지고자 하는 이유는 자신의 결과물이나 실력이 적어도 유명하지 않다는 이유로 제대로 평가조차 받지 못하는 일이 없기를 바라기 때문일 것이다. 일단 유명해지고 나면 제대로 된 평가가 아니라 과분한 평가까지 받게 된다.

내 주변 사람들이 곧잘 하는 말이 있다. "넌 언제 유명해질래?" 나와 똑같은 타이틀을 달고 일하는 이들 대부분이 책 집필보다는 방송 출연을 더 많이 하기 때문에 사람들은 그들은 뭔가 일을 하고 있고 유명하다고 여기는 모양이다. 물론 유명해지는 것은 확실히 도움이 된다. 아니 도움 정도가 아니라 거의 전부라고 해도 과언이 아니다. 유명해지면 똥을 싸도 박수를 쳐주듯 사람들은 TV에 자주 나오는 사람의 말은 사회적으로 큰 문제가 될 만한 발언만 아니라면 대부분 좋아해준다. 그러나 유명해지는 일이 누군가의 전부가 될 수 있을지 몰라도 나의 전부가 될 수는 없다.

나는 책을 제외한 나 개인으로서는 그다지 유명해지고 싶지 않다. 책이야 어차피 나 혼자 보려고 쓰는 게 아닌 이상 많은 이들이 읽어야 좋고, 많은 이들이 읽으려면 당연히 작가로서 유명해져야 하는 것이 맞다. 그러나 나라는 인간 자체로만 보자면, 사람들의 눈에 띄거나 주목을 받으며 살고 싶지는 않다.

내가 아는 연예인 혹은 '셀럽'으로 불리는 사람의 이야기를 들어보면 그들은 유명세를 어느 정도 즐기는 듯하다. 하지만 그런 그들도 후회하는 순간이 있는데, 바로 병원과 장례식장에 갈 때다. 병원은 말 그대로 자신이 아파서 가는 곳이라 병원 방문은 지극히 개인적인 일이다. 그런데 의료진은 물론이고 그 병원에 있는 모든 사람이 순식간에 수군거리며 모여서 자신의 병과 아픈 곳을 공유하고, 그것도 모자라 핸드폰을 들이밀고 사진을 찍어댄다. 만약 이게 조금이라도 큰 병이라면 자신의 병명이 포털사이트 실시간 검색어에 오르는 것은 시간문제다.

이보다 더한 곳이 장례식장이라고 한다. 지인이든 가족이든 아무튼 친밀한 누군가가 유명을 달리해서 슬픔을 추스르기도 힘든데, 자신이 등장하자마자 일제히 카메라 플래시가 터지고 '누구누구다' 하는 소리가 들리면 '아, 내가 오지 말아야 할 곳에 와서 고인의 가는 길을 소란스럽게 만드는구나!' 하는 후회가 생긴다고 한다. 가장 아프고 슬픈 순간조차도 많은 사람들이 낱낱이 지켜볼 뿐만 아니라 그들이 보고 싶은 것만 본다고 생각하면 어쩌면 그건 생지옥과 다름없지 않을까.

나는 유명해질 일도 없거니와 혹여 그럴 수 있다고 하더라도 거절하고 싶다. 물론 일로서는 존재하는지도 모르는 사람이 되어서는 곤란하다. 그래서 불러주는 곳이 있으면 열심히 가서 방송도 하고 인터뷰도 한다. 가끔 내 책을 읽고 그 내용에서 감동이든 위로든 그 무엇이든 긍정적인 영향을 받았다고 하는 사람들을 보면 더없이 감사하다. 나 개인은 아무것도 아니지만 적어도 내가 만든 결과물은 그렇지 않음을 확인시켜주는 그 모든 것들은 확실히 내가 이 일을 하는 큰 힘이 된다.

사람들은 내가 하는 일이 주는 기회에 비해, 그리고 그들의 기대에 비해 내가 유명하지 않음을 안타까워한다. 그러나 나는 지금 이대로가 좋다. 한 사람의 인간으로, 여자로, 또 작가로 모두 공존이 가능한 지금의 삶이 나쁘지 않다. 굳이 내 입으로 직업을 밝히지 않으면 나는 그저 평범한 사십 대의 여자 사람으로 보일 것이다. 사실 직업만 빼면 나는 평범하기 그지없다. 특출한 것도 없고 눈에 띄는 부분도 없다. 외형적으로 평범하기 그지없다. 그러나 내 생각, 내 안의 이야기는 결코 평범하지만은 않다고 생각한다.

사람들과 닿을 수 있는 이야기, 닿을 수 있는 마음을 풀어낼 때가 좋고, 또 그렇게 할 때 나는 가장 행복하다. 그렇지만 그저 한 개인으로 살아갈 때는 늘 그러했듯이 익명의 한 사람으로 살고 싶다. 사람들의 시선을 한 몸에 받고 타인의 시선에서 벗어날 수 없는 삶을 살고 싶지는 않다. 많은 사람 속에 묻히고 싶을 때는 조용히 묻혀 지내다가 오직 내 책에서 나의 글을 통해서만 내 목소리와 생각을 드러내고 싶다.

인기라는 것은 언젠가는 이곳에서 저곳으로 옮겨가는 것이다. 그래서 한 사람이 이쪽의 유행에서 저쪽의 유행까지 건너가며 계속해서 가치를 발휘하기란 쉽지 않다. 그 모든 건 어쩌면 타이밍이나 운일지도 모르기에, 그것이 온다면 감사한 일이겠지만 오지 않는다고 해서 불행한 일은 아니다.

유명하지 않은 나는 오늘도 글을 쓴다. 내가 쓰는 이 한 줄의 글이 아무도 아프게 하지 않는 것을 넘어 누군가에게 진심으로 닿고, 그 누군가의 숫자가 점점 불어난다면 분명 영광스러운 일이다. 하지만 거기까지다. 많은 이들에게 알려지는 것이 내게 유리하겠지만 그게 전부는 아니기에, 나는 지금의 내가 썩 좋다. 마흔의 내가 이러하니 오십, 육십이 되어도 책이 아닌 다른 것으로는 유명하지 않은 채 지금처럼 계속 글을 쓰며 살 수 있다면 좋겠다.

과거 스무살에서 서른 살까지의 나는 확실히 잔다르크
였다. 잔다르크에게 평화란 저절로 주어질 때까지 가만히
앉아 기다리는 것이 아니고 적극적으로 쟁취해내는 것이
다. 스스로 '잔다르크 과'라고 생각한 이유는 어려서부터
저절로 이뤄지는 것들, 거저 주어지는 것들이 비교적 빨리
내 삶에서 자취를 감췄기 때문이다.

아주 어린 시절, 그러니까 엄마 말 잘 듣고 엄마 뜻대로
살던 때에는 무엇 하나 아쉽고 부족한 것이 없었다. 어딜
가나 칭찬을 들었고 좋은 아이라는 얘기를 들었으며 어른
들과 아이들 모두 내게 친절했다. 하지만 어느 순간부터인

가 더는 엄마가 바라는 모습대로 엄마의 인형으로 살고 싶지 않아졌다. 내 의지와 내 판단, 내 결정이라고는 없는 삶은 살아도 사는 것 같지 않았고, 그런 생각은 초등학교 5학년 무렵 사춘기를 겪으면서 돌이킬 수 없을 만큼 커졌다.

학교에서도 집에서도 언제나 모범생이었던 나는 반항하기 시작했다. 더는 공부하지 않았고 엄마가 싫어하는 친구도 사귀었으며, 엄마가 허락하지 않는 놀이도 했다. 비밀이 생겼고 공부보다 더 중요한 것들이 보였다. 하지만 이런 선택의 대가는 혹독했다. 그동안 엄마라는 따뜻하고 넓은 날개 아래서 모든 것으로부터 보호받고 안전하게 지냈던 나는 그 밖으로 나오자마자 스스로가 얼마나 보잘것없는 존재인지 알게 되었다. 누구도 예전처럼 나를 인정해주지도, 내게 친절하지도 않았다. 그저 나는 사춘기를 잘못 겪는 바람에 모범생에서 잔뜩 추락한 문제아일 뿐이었다. 선생님들은 대체 뭐가 문제인지 불만이 무엇인지 물었고, 나는 어떤 대답도 할 수 없었다. 차마 "엄마의 인형이 아닌 나로 살겠어요" 같은 말 따위를, 아무리 사춘기라지만 읊조릴 수는 없었기 때문이다.

그렇게 중학생과 고등학생이 되었다. 나는 문제아면서 동시에 문제아가 아니었다. 공부는 문제가 될 정도로 못했지만 그렇다고 딱히 문제를 일으키지는 않았다. 쟤는 대체 무슨 생각을 하고 사는지 모르겠다는 말을 늘 들었다. 사람들은 모두 내가 딱히 몰두하는 것도 없으면서 왜 공부는 못하는지 궁금해했다. 그러거나 말거나 나는 혼자 처박혀서 책을 읽고 음악을 들으며 하루하루를 보냈다. 현실에 머물고 싶지 않은 그 모든 시간에 책과 음악 속으로 도망쳤다. 엄마와 타협점을 찾는 일 같은 건 애초에 불가능했기 때문에 내가 할 수 있는 거라고는 모든 것을 그저 일시에 손 놓는 일밖에 없었다. 적당히 공부도 하면서 적당히 하고 싶은 것을 하고 적당히 살고 싶은 대로 사는 것은 불가능했다.

그렇게 폭풍 같은 청소년기를 지나 스무 살이 되면서 이제 어른이 되었다고 뛸 듯이 기뻐했다. 무엇이든 내가 결정해도 반항이나 나쁜 일이 아닌 어른의 선택으로 당연하게 받아들여지는 시기가 되었다.

한때는 내 전부였던 엄마 아빠, 그리고 가족들이 별로 애틋하지 않았다. 진작부터 집을 나오고 싶었지만 그래 봐야 가출이 될 것이므로 착실히 어른이 되기를 기다렸고, 어른이 되자마자 나는 독립을 했다. 하지만 그렇게 독립해서 맞이한 세상이 꽃세상이었는가 하면, 절대 아니었다. 거기는 나름 또 다른 의미의 정글이 기다리고 있었다.

이제 갓 스무 살이 된, 돈 없고 배경 없고 잘난 것이라고는 모난 성질머리밖에 없는 여자애가 살아가기에 세상은 너무 거칠고 위험한 곳이었다. 이쯤 되면 둥근 성격을 가질 법도 하고 고통이랄지 슬픔이랄지 그런 것에 면역이 생길 법도 하건만 도무지 그렇게 되질 않았다. 모든 부당하고도 억울한 일에 일일이 분기탱천했다. 정말이지 온갖 시련이 닥쳐도 절대 울지 않고 참아내는 캔디는 내 캐릭터가 아니었다. 차라리 빨강머리 앤이면 모를까(아… 걔는 공부를 무척 잘했으니까 안 되겠구나). 캔디는 되고 싶은 생각도 없고 될 수도 없었다.

그래서 나는 거의 서른 초입까지 잔다르크로 살았다. 나를 해하려고 하는 사람이 있으면 어떻게든 그에게 더 큰 해를 입히려 했고, 한 대 맞으면 한 대 반 이상으로 갚아주어야 직성이 풀렸다. '사람이 가만히 있으면 가마니로 본다'

가 삶의 신조였고, '당하고는 못 산다'가 일상의 캐치프레이즈였다. 사람들은 딱 두 부류였다. 나를 몹시 싫어하거나 아니면 무척 좋아하거나. 이런 성질머리가 어디서나 누구에게나 환영받지는 못하므로 당연한 결과였다. 다행히 맘대로 성질을 다 부리며 살지 못하는 일부 착한 나라 사람들은 대리만족에서 이런 나를 좀 귀여워해 주는 것 같았다.

그런데 그렇게 귀여움을 받자 욕심이 생겨버렸다. 나도 어디 한번 착한 사람이 되어보자는 마음이 생긴 것이다. 이건 내가 꿈도 꾸면 안 되었는데 감히 꿈꿔버렸다. 그리고 딴에는 간디처럼 살기 시작했다. 용서의 아이콘도 되어봤다가 자비의 대명사처럼 굴어보기도 했다. 그러다 잔다르크가 감히 간디처럼 산 대가를 약 십 년간 갖은 방법으로 치렀고 어느새 마흔을 맞았다.

착하게 살아보려다 결과적으로 나만 더 괴로워지자 내 안에서 커다란 목소리가 들렸다. '사람은 생긴 대로 살아야 해.' 그간 어울리지도 않게 간디를 흉내 냈던 삶을 청산하고 다시 잔다르크로 돌아왔다. 여태껏 나름 간디인 척하면서 많은 것을, 많은 사람을 수용하고 이해하며 살았다고 생각했지만, 전혀 아니었다. 말 그대로 척만 했을 뿐 마음속까지 평화주의자가 될 수는 없었다. 간디는 한 대를 맞아도 열 대를 맞아도 늘 같은 마음으로 용서해서, 마침내 때린 상대마저 감명을 받아 함께 평화로워진다는데, 그러기에 나는 너무 폭력적(?)이고 세월도 아까웠다.

나는 왼쪽 뺨을 맞았을 때 오른쪽 뺨을 내어줄 수 있는 그릇이 아니었다. 왼쪽을 맞으면 상대의 왼쪽 뺨을 때릴지 오른쪽 뺨을 때릴지, 아니면 네가 먼저 시작했으니까 양쪽 다 맞으라고 할지를 고민하는 사람이었다. 진짜 성질에 안 맞아서 못 해먹을 노릇이었다. 간디인 척하며 사는 동안에 주변 사람들은 비교적 평화로웠을지 모르지만 나는 확실히 불행했다.

지금 나는 분명하게 말할 수 있다. 설사 그들이 모두 나의 적으로 돌아서고 내가 죽는 한이 있어도 더는 이렇게 살 수 없다고. 한때 정말 간디 같은 사람을 만나 가까이 지내면서 나도 간디가 되어보려 갖은 애를 썼으나 결국 나는 저돌적인 잔다르크였다.

나이를 먹으면 온순하고 선해질 거라는 기대는 접었다. 어쩌면 나중에 할머니가 되어도 이렇게 꼬장꼬장하고 성질 더럽다는 소리를 들을지도 모르겠다. 설사 그렇다 하더라도 나는 절대 불행하지 않을 것이다. 지금 이 순간이 중요하다. 오늘 하루 행복한 게 내게 당장 필요한 일이다. 오늘 참고 내일 먹을 수 있는 진수성찬은 필요 없다. 비록 라면을 먹더라도 오늘 당장 배가 부르고 싶다. 나는 내일까지 참고 기다리기에 이제 너무 나이가 든, 더는 소녀도 숙녀도 아닌 중년의 여자다. 아무리 작더라도 지금의 확실한 행복을 위해 살겠다.

　　중년을 바쳐서 행복한 노년? 됐다. 지금의 행복을 담보 잡은 미래가 결코 행복할 리 없다. 사는 것이 호락호락하지 않지만 현재에 충실하다 보면 노년 또한 지금처럼 행복하리라. 지금의 모습 그대로 나답게 오래도록 살고 싶다. 나는 그저 생긴 대로 잔다르크처럼 저돌적으로 살 것이다. 이 인생은 내 것이고 다시는 오지 않으니까. 내 맘대로 살지 않을 이유가 전혀 없다. 남의 마음대로 살다가는 남만 좋아진다는 게 내 결론이다.

더불어 언젠가는 내 삶이 간디와 잔다르크 사이 어디 즈
음엔가에 존재하기를 진심으로 바란다. 상황에 따라 융통
성 있게 왔다 갔다 할 수 있다면 더 바랄 것이 없겠다.

　한 권의 책이 나올 때마다 이런 생각이 듭니다. 이 한 권의 책을 만들기 위해 얼마나 많은 사람이 필요한가. 그 사람들은 제 책에 직접적인 연관이 있는 이들도 있겠지만 그렇지 않은 이들도 많습니다. 제 옆을 지켜주는 사람들, 저와 함께 밥을 먹고 술을 마시며 이야기를 나누는 보통의 일상을 함께하는 사람들 모두가 제 책을 위해 혹은 저 자신을 위해 꼭 필요한 사람들이었습니다.

　그중에서도 저는 한 사람에게 특별히 감사를 전하고 싶습니다. 오랜 친구이자 구원인 환양. 그녀가 없었다면 아마 이 책은 또 다른 형태가 되었거나 세상에 나오지 못했을지도 모르겠습니다. 작업을 하는 동안 그녀는 참 많은 힘이 되어주었습니다. 그리고 가끔은 작업을 하고 있는 제 모습을 만화로 그려서 저를 웃게도 했습니다. 덕분에 지치지 않고 쉼 없이 쓸 수 있었습니다.

이 책이 나오기까지 오랫동안 기다려준 애플북스 식구들에게도 감사드립니다. 제게는 친정 같은 곳이라서 그동안 투정을 부리기도 하고 마감일을 미루기도 했지만 고마운 마음과 애정이 없었던 순간은 단 한 순간도 없었습니다. 특히 제 원고를 일일이 만져주시고 일의 능률을 올려주기 위해 최선을 다했던 담당 편집자님과 때로는 편집장님으로 때로는 친구처럼 이야기를 나눠준 이경원 전무님께 감사드립니다.

그리고 나를 울고 웃게 했던 수많은 사람들 모두 고맙습니다. 이 책은 당신들이 나를 통해 쓴 글들이라 생각합니다.

마지막으로 제일 감사한 사람은 바로 당신입니다. 당신이 있기에 이 책은 존재합니다. 읽어주셔서 고맙습니다.

부디 단 한 줄도 아프게 가닿지 않았기를 바랄 뿐입니다.

마흔, 완전하지 않아도 괜찮아

초판 1쇄 인쇄 2020년 1월 6일
초판 1쇄 발행 2020년 1월 13일

지은이 박진진
펴낸이 이범상
펴낸곳 (주)비전비엔피 · 애플북스

기획 편집 이경원 유지현 김승희 조은아 박주은 황서연
디자인 김은주 이상재 한우리
마케팅 한상철 이성호 최은석 전상미
전자책 김성화 김희정 이병준
관리 이다정

주소 우)04034 서울특별시 마포구 잔다리로7길 12 (서교동)
전화 02)338-2411 | **팩스** 02)338-2413
홈페이지 www.visionbp.co.kr
이메일 visioncorea@naver.com
원고투고 editor@visionbp.co.kr
인스타그램 www.instagram.com/visioncorea
포스트 post.naver.com/visioncorea

등록번호 제313-2007-000012호

ISBN 979-11-90147-09-5 03810
· 값은 뒤표지에 있습니다.
· 파본이나 잘못된 책은 구입처에서 교환해 드립니다.

이 도서의 국립중앙도서관 출판시도서목록(CIP)은 서지정보유통지원시스템 홈페이지(http://seoji.nl.go.kr)와
국가자료공동목록시스템(http://www.nl.go.kr/kolisnet)에서 이용하실 수 있습니다.(CIP제어번호: CIP2019048311)